Wolfgang Schierlitz

PannenNadeln

Wolfgang Schierlitz

PannenNadeln

Lustige Weihnachtsgeschichten

rosenheimer

Besuchen Sie uns im Internet:
www.rosenheimer.com

Titelillustration und Illustrationen im Innenteil:
Sebastian Schrank, München
Lektorat: Christine Weber, Dresden
Satz: SATZstudio Josef Pieper, Bedburg-Hau
Druck und Bindung: GGP Media GmbH, Pößneck
Printed in Germany

ISBN 978-3-475-54638-9

Inhalt

Vorwort

Wer Wolfgang Schierlitz schon sehr lange kennt, dem sind wohl seine ernsten, vom Existentialismus geprägten frühen Texte in Erinnerung. Bekannt wurde er aber als Autor und Kabarettist für ein stetig wachsendes Publikum mit seinen humoristischen Satiren.

Seine Schlitzohrigkeit ist mitunter subversiv und bayerisch hinterfotzig, sein Humor wirkt oft wie eine pazifistische Verteidigungswaffe.

In seinen Schelmengeschichten entdecken wir mit großem Vergnügen die Grotesken und Abgründe unseres Alltags.

Gerhard Prokop

Frohe Tortenweihnacht

Alle Jahre wieder schwebt nicht nur das Christuskind herein, sondern mit ihm auch die unausweichliche Problematik der dann fälligen Präsente. Noch dazu erscheint es meistens viel zu schnell, das gute Kind. Die drängende, diesbezügliche Frage spitzt sich unausweichlich kurz vor Weihnachten deprimierend sowie unumwunden zu: »Was soll ich denn bloß wieder schenken? Die haben ja schon alles! Was mach ich denn, um nicht mit leeren Händen und vor Scham roten Ohren dazustehen?«

Und so gleitet die sogenannte Geschenkekultur immer mehr ab. Und zwar leider ins Banale. Milliardenschwer werden Geschenkgutscheine als Verlegenheitspräsente im letzten Moment, also bereits kurz nach Torschluss der Geschäfte am 24. Dezember, als Ausweg erkoren. Der verzweifelte Sucher nach etwas Brauchbarem und Vernünftigem für die ins Auge gefassten zu Beschenkenden hat wieder einmal kapituliert.

Total niedergeschlagen wird dann stets gejammert: »Obwohl ich mir bereits seit der letzten Hitzewelle im

August immer wieder meinen eigenen Kopf zerbrochen habe, steh ich nun als armer Tropf und trauriger Schenker vor dem Fest der Feste wieder einmal verzweifelt da.« Hastig ausgestellte Gutscheine, Bargeld und sonstige zweifelhafte Ersatzpräsente, die keine großen Überlegungen mehr erfordern, erringen immer öfter die Oberhand. Sie sind zwar auch nicht unerwünscht, hinterlassen aber eine gewisse Leere, eine Verfremdung, sogar unter den allernächsten Verwandten. Heimlich ins Fäustchen lacht sich aber der glückliche Warenhandel aller Art, weil zehn bis fünfzehn Prozent aller gut gemeinten Gutscheine niemals eingelöst werden. So hat auch der Geschenkenotstand seine angenehmen Seiten der wunderbaren Vermehrung.

Trotz einer intensiven Nachdenklichkeit, und wenn satte, dennoch unzufriedene Kinder schon mit allen digitalen, technischen, handwerklichen, kulinarischen und sonstigen anspruchsvollen Sachen gesegnet sind, wird es eng. Äpfel, Birnen, Orangen, Zwetschgen und Nüsse, die man früher unterm Baum fand, verderben doch nach und nach, sodass in der heutigen Zeit kein Mensch mehr gierig nach diesen essbaren Geschenken ist. Bereits an Lichtmess fliegen dann viele gute natürliche Objekte voller Vitamine und wichtiger Spurenelemente einfach in die grüne Biotonne. Man hat ja doch genügend Schokosachen, Gebäck, Torten, Kuchen, einen Nusszopf mit reichlich Schlagrahm und Puderzuckerüberzug sowie anderes süßliches Zeug herumliegen. Diese Zuckerbomben erzeugen leider oft schlechte Stimmungen in den Eingeweiden, vor allem aber voluminöse Körperumfänge. Besonders Kinder trifft dies, die dann schon im Kindergarten sowie in der Schule gehänselt werden, solange die restlichen schlank gebliebenen Jugendlichen dazu noch in der Lage sind. Und niemand zieht leider die Eltern, die es vermeintlich ja nur gut meinen, zur Verantwortung. Irgendwann ist es unausweichlich nicht nur kurz vor zwölf mit diesem Trauerspiel, dann sind lange, enttäuschte Gesichter vorprogrammiert.

Vom sprichwörtlichen Glück der Jugend kann selbst der größte Optimist anschließend weit und breit kaum mehr etwas finden. Auch wenn Weihnachten bereits vorüber ist, zieht sich die kontinuierliche Misere umgehend in das neueste Jahr hinein, ja sogar durch das ganze, herannahende, schwer gezeichnete Leben. Dadurch sind die Folgen nicht besonders erfrischend. Noch dazu, weil jeder vom eigenen Kopf her weiß, dass Speckpfunde weit schneller drauf als wieder runter sind. Und die Pillenverkäufer für schnelles Schrumpfen freuen sich wieder einmal über Hochkonjunktur.

Eine besonders wichtige Überlegung beim Geschenkeerwerb stellt sich nicht zuletzt auch durch den Platzbedarf. Die Wohnflächen schrumpfen aus Preisgründen, die Kinderzimmer werden kleiner, die Ruheräume der Autos umso größer. Sehr häufig muss auch ein glücklicher Häuslebauer die Doppelgarage weit großzügiger planen, wo doch die Limousinen immer mehr Prestigevolumen erreicht haben. Was tut das schon, wenn dadurch pro Protzkarre jedes Mal zwei Parkplätze belegt werden müssen? Vom Plastikspielzeug für die Kleinen über alle möglichen und unmöglichen elektronisch-maschinellen Geräte bis hin zu den im ganzen Haus verteilten Legosteinen ist nun kaum mehr Platz für all die tausend Sachen und Geschenke, geschweige denn für neues Präsent-Gut. Für gewöhnlich gleitet der verzweifelte Blick dann ins Internet, und es wird gegoogelt, dass die Glasfaserkabel heiß laufen. Und was rät diese moderne Fundgrube: Beispielsweise vielleicht einen Zauberkasten mit Gebrauchsanweisung für Nachwuchsillusionisten in allen Größen und Preislagen? Das wäre doch was, so nimmt man mit Bestimmtheit an. David Copperfield sowie Siegi und Roy haben ja bestimmt auch einmal so oder so ähnlich klein angefangen. Aber solche Zauberkästen mit Zauberrezepten aller Schwierigkeitsgrade liegen doch noch vom Geburtstag oder vom vorjährigen Christfest herum ...

Oder man folgt dem Trend aus den immer stärker sowie überraschend kunterbunt prosperierenden, voll kitschig verbrämten USA. Dort weihnachtet es ja besonders stark. Neuerdings sind es »leerreiche«, beispielhafte neue Spiele, die eine verzweifelte Geschenkekultur erobern und bereichern. Auch wenn sich der verstandesgesunde Mensch manchmal zweifelnd, wenn auch verstohlen, an die Stirn greift, so ist der Siegeszug eigenartiger Zeitvertreiber als Überraschungen aus dem Land der unbegrenzten Möglichkeiten nicht mehr aufzuhalten. Denn die ganze Illuminationskultur in unendlichem Ausmaß, die wesentlich mehr Farben als der gute Regenbogen aufweist, ist anscheinend noch lange nicht ausgeschöpft. Die Betreiber der Elektrizitätswerke nehmen es gelassen, wollen doch auch sie am weihnachtlich-prosperierenden Geschäft teilhaben.

Spiele sind eigentlich vor allem dazu erfunden worden, nicht nur die Zeit zu vertreiben, sondern auch nachdenkliche, aggressive bis spaßige Emotionen zu wecken und zu erleben. Sie sollten sogar überwiegend und nachdrücklich lehrreich für das gesamte Leben sein. Vor allem der aufwachsende Mensch, als Kind ausgewiesen, und seinesgleichen Spezies wie kindische Erwachsene ergeben die hauptsächlichen Ansprechpartner. Es soll ein tieferer Sinn durchs Spielen entstehen. Die einen sind die Verlierer, dürfen aber ihre Enttäuschung nur gebremst zum Ausdruck bringen. Die anderen lassen jedoch ihrer herzlichen, tiefen Schadenfreude freien Lauf. Beim sozial noch nicht so stark herangereiften Nachwuchs sind deshalb sozusagen kleine Katastrophen nicht ganz auszuschließen.

Spielerische Beherrschung der Wut lernen, das ist sowohl für den kleinen als auch für den größer gewachsenen Menschen so eine Sache. Gerade in der beschaulichen Weihnachtszeit, wenn der Stress zwar weichen sollte, aber umso ausstrahlender, verbrämter, noch dazu ungehemmter um sich greift, wird es immer besonders wichtig, die sonst unter der Oberfläche grummelnden Probleme überlegt in den Griff zu bekommen. Das geht oft schief, und als beschämendes Resultat lauert der Familienzwist unter der fröhlich-heiteren Decke der festlichen Tage. Er dehnt und schleicht sich öfter bis weit in das frische, neue Jahr hinein. Das beschwingt den unguten Kreislauf der Gefühle fast wie bei einem Perpetuum mobile. Ich kann mich noch recht gut erinnern, wie sich selbst ein altersblonder Teilnehmer und Senior an einem ganz gemütlichen, bayerischen Schafkopfspiel im Familienkreise als Wutbürger outete. Weil er über einen längeren Zeitraum mit schlechten Karten gesegnet war, platzte er sozusagen wie ein alter Dampfkessel in Überdruckmanier. Er zerriss sein erneut eingetroffenes, grottenschlechtes Blatt und sprang auf und davon.

Es bleibt ebenfalls in starker Erinnerung, wie bei einem Besuch zwecks weihnachtlich-neujahrsbezogener Glückwünsche im befreundeten, benachbarten Familienhause der kleine Zornbinkel Kevin nach einem verlorenen »Mensch-ärgere-dich-nicht« die Spielfläche abräumte. Würfel und Männchen feuerte er mir nichts, dir nichts an die Wand, dass es knallte. Er tobte und strampelte sodann am Boden liegend aus voller Manier, bis die Kräfte nachließen.

Nun sind aber diese Nachbarn ein fortschrittliches, aufgeschlossenes und sogar akademisch gebildetes Ehepaar vom Feinsten. Sie ernähren sich gesund, biomäßig und weitgehend vegetarisch. Schon immer halten sie eine gewisse Gläubigkeit an das Höhere, vor allem aber an die Heilige Weihnacht, bewusst aufrecht. Eigentlich wäre doch anzunehmen, dass sie erziehungspsychologisch besonders up to date sein müssten.

Der sonst so verständnisvolle Vater: »Es kommt schon fast einer persönlichen Niederlage gleich, wenn einem so ein impulsives, unbeherrschtes Kind in die Wiege gelegt wird.« Und die aufgeschlossene, karitativ engagierte, hilfsbereite Mutter mit dem klangvollen Doppelnamen Maiermoser-Wurmeling ist offensichtlich auch nicht gerade sehr erbaut von ihrem strampelnden Sprössling. »Das habe ich so nicht erwartet vom Wunder des Mutter-Kind-Seins!«

Ich wollte die aufgewühlten Wogen etwas glätten und sagte harmlos: »Lieber Kevin, du hast doch bestimmt zu deinem wunderschönen Weihnachtsfest viele liebe und lehrreiche Sachen bekommen.«

Da kam ihm aber der kreative, mit hohem Intelligenzquotienten gesegnete Vater zuvor: »Wir haben dem Buben lauter geistanregende und tolle Sachen geschenkt. Beispielsweise ein herrliches Spiel mit Lerneffekt, entwickelt in den Vereinigten Staaten von Nordamerika.« Er holt eine größere Verpackung samt Inhalt hervor. »Das hat der Bubi bisher wegen der vielen Geschenke noch gar nicht ausgepackt.«

Da stürzt sich aber der Bubi sofort darüber her. Zum Vorschein kommt ein lustiges Plastikteil als Tischgerät mit ausgespartem Gesicht, das übergroße Ohren aufweist, kreiert als rotbackiger Clown. Durch die Gesichtsöffnung soll der jeweilige Spieler sein Antlitz stecken. Davor ragt ein Hebel mit einem Plastikteller heraus. Es handelt sich um das innovative, lehrreiche Unterhaltungsspiel »Pie Face«.

Der begeisterte Vater in diebischer Vorfreude zum Bubi: »Lieber Kevin, jetzt steckst du dein Gesicht durch die Öffnung, und schon bist du von vorne gesehen ein lustiger Clown.« Das macht der Bubi überrascht und eifrig, vom vorhergehenden Zorn noch stark abgelenkt, ja sogar geschwächt. Von Hinterlist hat er bisher so gut wie keinerlei Ahnung. Er ist beinahe noch völlig arglos. Der Hausherr gibt dann noch Anweisung an die ältere Tochter, die seit geraumer Zeit – sind es Tage, sind es Wochen, sind es Monate, wer weiß das noch? – das iPhone nicht mehr aus den Händen gelegt hat: »Halte dich bereit für ein besonders lustiges Foto.«

Die gleichfalls im Voraus schon begeisterte Mutter darf aus der Sprühdose eine Portion Rasierschaum auf den Teller geben. Eigentlich müsste da eine Sahnetorte liegen, aber die gibt es schon zum Nachtisch, und einer groben Verschwendung soll keineswegs Vorschub geleistet werden.

Der Bubi schaut verwirrt durch das Loch auf den Teller. Der Vater: »So, jetzt musst du nur noch an dem Handgriff vor dir drehen.«

Das macht der Bubi brav – der Teller springt hoch, und schon hat der Bubi die Bescherung im Gesicht.

Er erschrickt total. Das ist natürlich für uns Zuschauer äußerst lustig. Wir brechen in eine längere Lachsalve aus. Die Tochter knipst umgehend und ununterbrochen. Der gute Vater klopft sich auf die Schenkel und kann sich vor Lachen kaum mehr einkriegen. Auch die Mutter Maiermoser-Wurmeling zeigt ein äußerst amüsiertes, ansteckendes Vergnügen zur Schau. Nur der Bubi ist zunächst etwas gelähmt. Dann schmeißt er das ganze Kaspertheater um, wälzt sich erneut strampelnd auf dem Boden umher und schreit sämtliche Flüche, die er bisher in seinem jungen Leben gelernt hat. Das geschieht aus voller Kehle äußerst lautstark in die weihnachtlich-feierliche Gegend hinein. Eigentlich ist das ja sein gutes Recht, denn er fühlt sich nur noch hereingelegt. Er muss seine Gutgläubigkeit an die Menschheit und an das raue Leben erst nach und nach verlieren. Das geht nicht auf einmal. Mancher sensible Mensch naht da gefährlich früh schon einer Verzweiflung. So ein Leben ist nämlich hart und wird auch kaum weicher, je älter man wird.

Die Eltern sind aber ob solcher impulsiver Ausbrüche schon wieder total konsterniert. Das hat niemand erwartet. Die Mutter Maiermoser-Wurmeling spricht ernst und ziemlich verzweifelt: »Was soll man da bloß tun? Selbst der harmloseste, aber lehrreiche Spaß bringt den Bubi außer Rand und Band! Kevin, das Ganze ist doch nur ein riesengroßer Spaß, ein Spiel. Du musst lernen, wie man auch mit überraschenden, negativen Situationen im Leben fertig wird, ohne sich gleich zu ärgern oder gar zu toben. Zumindest darfst du das niemals zeigen! Beherrschung ist alles im Leben!«

Der frustrierte Kevin hat sich nach und nach wieder etwas gefangen. Weil er aber allmählich schon ganz schön clever geworden ist, trompetet er nun lautstark: »Noch mal, aber jetzt ihr!« Und so kommen alle der Reihe nach dran, einschließlich mir. Leider kennt der Bubi aber kein Erbarmen, geschweige denn ein Ende des »leerreichen« Spieles. Er rächt sich gewaltig, und alle machen mehr oder weniger glücklich mit, um zu zeigen, wie wichtig und beispielgebend so eine Sache sein soll. Niemand zeigt den langsam aufsteigenden Ärger oder spricht gar von Schwachsinn.

Auch als ich nach drei Stunden das Haus verlassen habe und erleichtert, Rasierschaum im Gesicht, noch einmal durch das Fenster zurückschaue, ist das wunderbare Spiel noch keineswegs zu Ende. Es freut sich aber nur noch recht lautstark der Bubi Kevin. Außer ihm strahlt lediglich noch der Christbaum mit seinem künstlichen Kerzenschein froh vor sich hin. Alle, nicht zuletzt auch die gute Mutter Maiermoser-Wurmeling, haben ebenfalls Rasierschaum im Gesicht und tun so, als ob sie sich gewaltig freuen und amüsieren würden. Ein »leerreicher« Spaß ist in die weihnachtlich verbrämte Wohnzimmerstube eingekehrt. Der Bubi Kevin ist ja noch so jung und hat noch viel zu lernen im harten Überlebenskampf des Daseins. Man kann gar nicht früh genug damit anfangen. Wenn der Rasierschaum knapp wird, muss eventuell doch die dekorative, schmackhafte Weihnachtstorte zweckentfremdet werden.

Und die wohlmeinenden Eltern sind schon wieder heftig betrübt, weil der Bubi Kevin frischweg schreit: »Jetzt alle Rasierschaum als Nachspeise fressen!«

Tierisch berühmt

Alle Jahre wieder erscheinen sie aus der Versenkung, das heißt aus dem Fundus der weihnachtlichen Vorräte: Christbaumkugeln, Kerzen, Trompetenblasengel, Kripperlfiguren, Marzipansterne und biomäßiger Strohschmuck. Alle möglichen Sorten von Gegenständen werden aus den Kisten hervorgekramt, einschließlich berühmt gewordener Kreaturen wie Ochs und Esel aus echtem Lindenholz oder Gips, meist aber aus preiswertem Plastik geformt. Etwas seltener wird da neuerdings schon Lametta hervorgezogen, weil es wegen seiner Bleibasis giftig sein soll. All das packt man feierlich aus.

Eine festliche, zauberhafte Zeremonie greift um sich. Zunächst geht es aber unter Verwendung von frischem Moos, Tannenzweigen, Fichtenzapfen, Immergrün – alles aus dem nächsten Forst entwendet – und einem Bonsaistall an die Errichtung einer würdigen Nachbildung der wichtigsten Szene aus der biblischen Geschichte. Der Prophet Lukas wird wieder zum profunden Vermittler aus dem Buch der Bücher und gibt die Handlung vor. Aber als Vorbild dient im bayerischen Oberland zumeist eine baufällige, heruntergekommene Almhütte mit undichtem Dach. Es soll ja keineswegs zu komfortabel sein.

Der schöne Brauch, unter dem Christbaum ein naturgetreues Kripperl, einen Stall, zu installieren, ist längst in die Annalen der christlichen Liturgie eingegangen. Die absoluten Stars sind da nach wie vor das winzige, strahlende Jesulein, die junge, rüstige Marienmutter sowie der gute Vater und Zimmermann Josef, mit Axt und Säge ausgerüstet, die er immer mit sich führt. Vielleicht kann er damit auch das wurmstichige Gebälk im Geburtsstadel ausbessern, bevor etwas herabbricht. Und sowohl der Ochs als auch der Esel haben außer der Heiligen Familie einen unglaublichen Ruf in der Heilsgeschichte erlangt. Ohne diese beiden kann es nie und nimmermehr Heilige Nacht werden. Kein Kripperl, keine echte Weihnacht in Deutschland kommt ohne die beiden mehr aus. Ja, sogar weltweit haben sie in entsprechend gläubigen Kreisen beinahe auch schon einen Starkultstatus erlangt. In Afrika zum Beispiel, wo auch einige Christen beheimatet sind, kennt man die beiden Tiere sehr wohl und ersetzt sie keineswegs durch Zebra oder Wasserbüffel. Niemand wird sich mehr darüber wundern, wenn sie bald wenigstens seliggesprochen werden, vielleicht sogar heilig. Da müssen sich die guten Hirten und vor allem die zahlreichen Schafe leider mit einer etwas unpersönlicher und anonymer ausgefallenen Rolle begnügen, obwohl sie natürlich als Zeitzeugen auch nicht fehlen dürfen. Die zwei tierischen Kumpane aber gehören mitsamt dem spartanischen Stall seit Urzeiten zur Krippe von Bethlehem wie das Salz in die Suppe. Ohne Ochs und Esel wird es einfach nicht richtig Weihnachten, ob es schneit oder nicht. Selbst die alten Malermeister, der Herr Rubens, der Herr Tizian, der Herr Breughel und wie sie alle heißen mögen, bezeugen das zumeist gekonnt in ihren Bildern. Aus dem dämmrigen Hintergrund des Stalles lugen die Tiere wichtig und vorwitzig in das bedeutende Zeitgeschehen hinein. Sie sind als Blickfang unersetzlich.

Doch wer hat sie in den Stall gelassen und was sagen sie uns? Kommen sie überhaupt vor in den weihnachtlichen Berichten der christlichen Vorväter? Und wie! Da heißt es nämlich unumstößlich: »Ein Rind kennt seinen Besitzer und ein Esel die Krippe seines Herrn.« Das proklamiert uns der Prophet Jesaja schon frühzeitig im Buch der Bücher, Jesaja 1, Vers 3. Was will er uns damit verklickern? Vielleicht nicht mehr und nicht weniger als die Unabkömmlichkeit dieser wichtigen, neutralen Zeitzeugen zum Tatbestand einer wunderbaren Menschwerdung.

Und dazu ist es wirklich äußerst wichtig, sowohl den Ochs als auch den Esel endlich einmal zu Wort kommen zu lassen. Tiere können zwar nicht leicht sprechen, aber das geht trotzdem, weil es immer schon Fabeln gegeben hat, in denen sich die verschiedensten Kreaturen einwandfrei artikulieren können. Seien es enorme Dichter wie Wolfgang von Goethe, Heinrich Heine, Franz Grillparzer oder weniger bekannte Leute wie der gute Gottfried Konrad Pfeffel – sie alle haben uns gezeigt, wie weise doch Tiere aller Art daherreden können. Daraus gibt es viel zu lernen, weil es meistens schöne Gleichnisse sind. Noch dazu in so einer wichtigen, einmaligen Funktion: als Zeitzeugen einer ungewöhnlichen Inkarnation.

Man muss aber schon genau hinhören, weil Ochs und Esel gottesfürchtig das kleine Jesulein nicht unnötig aufwecken, sondern sogar beschützen möchten. Auch vor jedem Lärm und Geschwafel der unruhigen Zeitläufe wollen sie es auf Dauer bewahren. Es gibt eben nicht nur Gutmenschen, sondern anscheinend auch Guttiere als Migranten jeglicher Art und Sorte, wo immer es auch sei.

Der Esel beginnt zu flüstern. »Ich bin ja bestimmt schon viel weiter herumgekommen als du, mein lieber Ochs. Zuletzt war ich nämlich bei den Bremer Stadtmusikanten tätig. Unser Tierorchester ist aber leider nicht so gut angekommen. Diese Banausen sprachen von Misstönen. Die Bremer Spießer haben gesagt, dass wir höchstens Räuber vertreiben könnten mit unserem Geplärr. Sie haben ja bis heute keinerlei Ahnung von den Gesetzen der Fuge, der produktiven Disharmonie und den auf- und absteigenden Zwölftonleitern. Sie wollten uns dann auch am liebsten entweder sofort auffressen oder versklaven. Da musste ich erneut die Flucht ergreifen. Wo die anderen, der Hund, die Katze und der Gickerl abgeblieben sind, das entzieht sich meiner Kenntnis. Hoffentlich nicht im Frondienst, in der Bratpfanne oder im Wurstkessel. In das gelobte Land bin ich mit einem unermüdlichen Pilger gereist. Doch der war schlecht zu Fuß. Monatelang habe ich ihn ge- und ertragen. Als wir endlich im Gebiet von Bethlehem angekommen waren, verdingte er sich als guter Schafhirte zum Lämmerweiden, ganz in der Nähe des späteren Geburtsstalles. Ich aber habe unterwegs die späteren heiligen Eltern getroffen, wie sie mühsam Richtung Bethlehem gewandert sind. Maria, die hochschwangere Jungfrau, und der Zimmermann Josef – er mit Säge und Hacke ausgerüstet – hatten sich aufgemacht, zwecks Volkszählung. Der Stadthalter Roms und sein Kaiser Augustus bilden den Hintergrund für diese Schikane, wo doch zurzeit die Verbindungen über Land noch sehr dürftig ausgebaut sind. Ja, noch viel dürftiger als später bei den häufigen, gläubigen Kreuzzügen. Da habe ich gesagt: ›Liebe Maria, ich will dein Diener sein, und du kannst auf mir hinüberreiten bis nach Bethlehem.‹ Dort haben wir in einem alten Stall eine Futterkrippe mit Heu gefunden. Und gerade als ich mir das getrocknete Gras munden lassen wollte, kamst du, alter Ochse, daher. Und schon ging es Schlag auf Schlag, vor allem mit der Geburt.«

»Jetzt haben wir wieder nix zu beißen, weil der liebe Bengel mit dem goldenen Schein um sein Köpflein das Heu als Matratze braucht«, brummt der Ochse zunächst betrübt, aber sofort doch gutmütig.

»Ich bin genauso hungrig wie du. Doch merkst du sicher jetzt auch allmählich, dass uns gerade ein erhebliches Wunder erschienen ist. Da gibt es keinen Hunger mehr, oder? Dieses unangenehme Gefühl schwindet sofort, wenn man es von einer höheren Warte aus betrachtet. Nur noch die Heilige Nacht und die erquicklichen, wunderbaren Folgen für die gesamte Christenheit sind ab sofort von Belang. Und wir dürfen dabei sein.«

Jetzt erwacht das kleine Jesulein und schaut verschlafen, aber freundlich, sowohl dem Ochsen als auch dem Esel in ihr strahlendes Antlitz. Verwundert erkundigt es sich: »Seid ihr bereits Fans von mir, zukünftige Jünger oder vielleicht gar schon zwei von meinen zwölf Aposteln? Oder ehrwürdige Kirchenväter?«

Aber sofort klären die bescheidenen Tiere den wahren Sachverhalt auf und verkünden wahrheitsgemäß ihre animalische Identität. Ihr bisheriges schweres Schicksal bleibt dabei nicht unerwähnt.

Wohlwollend meint der kleine Jesus, bereits auf Wunder aller Art eingestellt: »Wahrlich, ich sage euch, ich werde euch als meine treuen Wächter speisen und tränken, sodass ihr nie mehr irgendeinen Mangel leiden müsst. Ihr seid als meine Platzhalter und Freunde für immer in die christlichen Annalen aufgenommen. In Zukunft werdet ihr nicht nur von den historischen Malermeistern auf den christlichen Gemälden verewigt sein. Auch für alle Kripperl auf der ganzen gläubigen Welt, die meine Ankunft und das weihnachtliche Geschehen bezeugen sollen, werdet ihr unentbehrlich werden. Und von den Bremer Spießbürgern, die euch so übel mitgespielt haben, wird keiner einer meiner zwölf Apostel werden. Dafür bürge ich, und das verspreche ich hoch und heilig. Holt umgehend sowohl den Gickerl als auch die Katze und den Hund herbei, und schon dürft ihr die neue Stadtkapelle von Bethlehem bilden!«

Und alsbald, wenn auch etwas später, ward dieses frühe Wunder vollbracht, und die guten Tiere musizierten eifrig im heiligen Ort bis an ihr Lebensende. Ja, und wenn sie, o Wunder, nicht gestorben sind, dann erfreuen sie noch heute die morgenländischen

Bürger mit ihren ungewöhnlichen Stimmen, Kompositionen und weit schallenden Tondichtungen.

Draußen vor dem Stalle geht nun ein Getrappel und ein lautes Rufen um das gesamte Kripperl herum: »Hallo, ihr guten Leut, sind wir hier richtig?« Und schon schaut ein Kamel beim Fenster herein.

Die später sogar heiliggesprochenen drei Könige aus dem Morgenlande sind soeben eingetroffen, zwecks Huldigung. Reiche morgenländische Edelleute, ihres Zeichens Magier sowohl als auch gründlich in der Sterndeuterei ausgebildete Experten, steigen in freudiger Erwartung von zwei einhöckerigen Dromedaren und einem zweihöckerigen Kamel herab. Ungemein bewandert in der Himmelskunde und als astrologische Wissenschaftler, hatten sie sich auf den holperigen Weg gemacht und waren hinter einem gleißenden, stark geschweiften Kometen unermüdlich losgebrettert. Der diente ihnen als Wegweiser und treuer Führer bis genau vor den Stall hin. Da steht er nun wie festgezurrt am Himmel über der Geburtsstätte, und alle drei Reisenden erklären wie aus einem Munde: »Der gute Stern zeigt es uns unumstößlich an: Jetzt sind wir aber endlich da!« Voller Prunk und Überraschung ist nun ihr hehres Ziel erreicht.

Einer von dieser Triole war der Kaspar mit seinem bereits damals schon ziemlich bayerischen Namen. Und der Balthasar, liebevoll von seiner Sippschaft auch »Baldi« genannt, dient bis in unsere Tage als herzlicher Namensgeber für männliche Säuglinge in heimatverbundenen Kreisen des gläubigen Oberlandes. Der andere, namens Melchior, ist da schon eher weiterhin ein stolzer Exot aus dem Morgenland geblieben. Sein klangvoller Name hat bei uns leider kaum Eingang in die Bestsellerliste für die Namensgebung neu geborener Kinder gefunden wie Ben, Lars, Detlev oder Levi.

Und schon sind sie alle drei am Auspacken. Lauter gute Sachen, wie Weihrauch, aber auch Myrrhe befördern sie erst aus ihren Rucksäcken und dann durch die windschiefe Türe herein ins karge Innere des spartanischen Stalles. Und der Clou: Einer davon, der exotische Melchior, schleppt sogar einen echten, größeren Goldbarren (999er mit 24 Karat) bis vor die Krippe hin. Da freut sich die gesamte Heilige Familie sehr und beschließt, ab sofort nicht mehr so arm zu sein.

Und der Vater Josef nimmt sich fest vor, nun sein schweres Handwerk an den Nagel zu hängen. Säge und Zimmermannsbeil lässt er später achtlos im hintersten Winkel des Stalles zurück. Vielleicht hat er keinen Nagel gefunden. »Da sollen sich doch andere damit abplagen«, verkündet er erleichtert und herzlich.

Plötzlich entbrennt aber eine schwere Diskussion unter den drei Morgenländern, die, wie man weiß, mit Fug und Recht aufgrund der Anbetung bald darauf sogar heiliggesprochen werden. Vor allem der Kaspar glaubt einfach nicht, dass Maria auf dem Esel bis hierher zum Stall geritten sein soll. Sind gar alle Weihnachtsbilder falsch, die den Exodus der heiligen Leute bis heute so zeigen, wie die gute Mutter Maria auf dem Esel daher reitet? Wenn das historisch-romantisch tatsächlich nicht haltbar sein sollte, so fehlt uns ein Puzzlestück in der deutschen Weihnachtsgeschichte. Der Kaspar ereifert sich: »Hochschwanger auf so einem Grautier? Die meisten Frauen sind vermutlich noch nie auf einem Esel schwanger umhergeritten. Wohlgemerkt: Marias Schwangerschaft war in ihrem Endstadium. Diese junge Frau aus Nazareth, auch wenn sie noch so zäh gewesen sein sollte, hätte unausweichlich schon auf dem Esel entbunden. Durch das Reiten wäre der kleine Jesus infolge der Schaukelei viel zu früh auf diese Welt gebracht worden, und damit müsste die ganze christliche Chronologie eventuell um Tage verschoben werden.«

Der nachdenkliche Kaspar proklamiert entschieden: »Maria ging zu Fuß. Von Nazareth nach Bethlehem. Da beißt die Maus keinen Faden ab. Tiere sind dumm und können leider nicht sprechen. Sonst könnten wir ja diesen Esel da fragen, ob er Näheres über diesen eklatanten Sachverhalt weiß.«

Der Balthasar und auch der Melchior halten sich wohlweislich aus der Sache heraus. Sie wollen den Frieden auf Erden nicht mit so einer banalen Frage durcheinanderbringen.

Der Balthasar verkündet aus Überzeugung: »Wir haben schon genügend Zwist und Kriege in diesem Jammertal. Da soll doch nicht hier auch noch eine Auseinandersetzung stattfinden.« Der Komet strahlt erhaben durch das kaputte Fenster, und der kleine Jesus hält sich – jedenfalls vorläufig – auch noch heraus aus dieser brennenden Frage.

Die beiden wichtigsten Zeitzeugen der gesamten Angelegenheit, der Ochse sowohl als auch der Esel, wissen es natürlich am besten. Und der kleine Jesus selbstredend noch besser. Aber er sagt selbst zu sich zunächst überhaupt nichts und dann ganz leise zu Ochs und Esel: »Der Wunder ist vorläufig genug getan.«

Und so kümmern sich alle drei vorerst nicht um die unfruchtbare Auseinandersetzung, obwohl sie es mit hundertprozentiger Sicherheit am besten wüssten. Und der abgeklärte, weit gereiste Esel flüstert dem gutmütigen Ochsen in dessen aufmerksam gerecktes rechtes Ohr: »Reden ist nur Silber, Schweigen dagegen reines, hochkarätiges Gold!«

So ist wieder einmal eine beachtliche Tierfabel mit tief greifender Weisheit in die ernste Literatur und in die gläubigen Annalen der Menschheit eingegangen. In tiefgründiger Weise wird damit die erbauliche Tradition gleichnishafter Tierfabeln im besten Sinne nach Johann Wolfgang von Goethe und all den anderen ersprießlichen Dichtern hochgehalten. Noch dazu, weil es in dieser neuesten, lehrreichen Angelegenheit besonders stark weihnachtet.

Von Wachsziehern, fleißigen Bienen und Brandschäden

Vor allem die Weihnachtszeit ergibt eine Hochkonjunktur für den wichtigsten Schmuck, die Kerze, als romantische Lichtgeberin im Christbaum. Da haben für den biomäßig denkenden Kunden die Bienen und ihr Stoffwechsel viel zu tun, damit aus ihren Waben die duftenden Accessoires entstehen können. Andere Anlässe, ebenfalls überwiegend christlichen Ursprungs, wollen auch nicht auf natürlich brennendes Beleuchtungsmaterial verzichten. Nicht nur der traditionsbewusste Adventskranz sei hier erwähnt. Es sei da herausragend, schon wegen der Überlänge, die »Erste-heilige-Kommunionkerze« genannt. Zumeist besteht sie aus Stearin und kaum aus Bienenwachs, wegen der Preiswürdigkeit. Trotzdem ist sie unerlässlich für die Würde und die Feierlichkeit dieser Zeremonie eines jungen Nachwuchschristen. Für sogenannte Teelichter, die nachträglich zum Getränkewarmhalten erfunden wurden, benutzen die Hersteller das Paraffin, ebenso ein praktisches Brenngut. Zweckentfremdet findet man sie aber auch als sogenannte Hindenburglichter. Sie bilden den Grabschmuck an Allerheiligen und Weihnachten. Da leuchten sie recht kleinflammig, aber umso länger in die kalte Nacht hinein. Benannt wurde diese kümmerliche Leuchte, damals noch auf Talgbasis, nach dem Oberkommandierenden des völlig unnötigen, schlimmen Ersten Weltkrieges unserer Erde. Freilich waren die ausgemergelten Kriegsteilnehmer in den Schützengräben sogar froh um das bisschen warme Strahlen. Der Herr Hindenburg selbst war da zu seinem Glück weniger betroffen. Er musste ja auch die ganze Kriegsmisere über Jahre hin kommandieren.

Vermutlich aus Indien eingeschleppt, haben die Duftkerzen eine größere Berühmtheit auch bei uns erlangt. Vor allem die metaphysisch und transzendental ausgebildete Klangschalentherapeutin schwört Stein und Bein darauf, wegen der heilsamen Auswirkung solcher Schnuppergeräte. Um die Luft mit Kräuteressenzen aller Art zu schwängern sowie üble Gerüche, bedingt durch Blähungen, zu vertreiben, werden sie duftenderweise auch im weihnachtlichen Geschehen immer häufiger eingesetzt. Sie ergänzen sich hervorragend zu allem anderen Inventar und herrlichen Tand der traditionsreichen, üppig aufblühenden Festtage.

Wenn es um echte Qualität bei einer Kerze gehen soll, so muss sie *gezogen* werden. Das geschah damals, recht früh schon, von Hand. Vor allem im finsteren Mittelalter, denn zur Aufhellung waren sie dort sehr wichtig. Auch heute werden noch Kerzen gezogen. Allerdings maschinell, das erleichtert den Ablauf. Ein ewig langer Docht bis zu mehreren Hundert Metern, vielleicht sogar einem knappen Kilometer, wird so lange durch ein Bad aus flüssigem Wachs hindurchgezogen, bis der Oberwachszieher das Kommando durchgibt: »Halt, das genügt. Jetzt sind die Kerzen dick genug.« Diese werden dann, natürlich ebenfalls maschinell, Stück für Stück abgesägt. Das ist recht kompliziert, soll doch der Docht als wichtiger Bestandteil etwa drei bis vier Millimeter aus dem fertigen Stück herausragen. Je nachdem, wie lang das einzelne Teil werden soll, kann man auf alle Fälle jede Menge Kerzen erzeugen. So viel zur Technik dieser unabkömmlichen Leuchtkörper.

Aber die Wirklichkeit bei der Verwendung in der Praxis ist oft nicht ungefährlich. Erst neulich, als es wiederum weihnachtete, haben sich laut Presse erneut mehrere, ja sogar sehr zahlreiche Unfälle ereignet. Man unterschätzt eben immer wieder so eine Flamme, die eine Hitze von bis zu 1400 Grad Celsius erreichen kann. Unnötige, lange schmerzende Brandwunden sind die Folgen vom leichtsinnigen Umgang mit diesen nicht unscheinbaren offenen Flammen. Von Bränden, die dadurch auch gar nicht so selten eintreffen, kann so manche wachsame Feuerwehr in ihren Annalen stolz und ausführlich berichten. Das Löschen gelingt oft im letzten Augenblick gerade noch rechtzeitig, um den restlichen Schwelbrand in den Griff zu bekommen. Mit dem bekannten Slogan »Wasser marsch« ist glücklicherweise auch schon so mancher verdorrte Adventskranz, der seine Tannennadeln nur noch schwer halten konnte, eliminiert worden.

Die glaubhafte Überlieferung eines Sanitäters, bezüglich des soeben stattfindenden Weihnachtsevents – der zweite Feiertag, auch Stephanustag genannt, ist angebrochen – besagt es warnend. Der fleißige Helfer weiß um die häufige Dringlichkeit der Ablieferungen in die Krankenhausaufnahmestation am Heiligen Abend. Als einfühlsamer Zeuge erlebte er hautnah das Gejammer und die Leiden der verunglückten und verletzten Leute.

Bekümmert meint er aus fundierter Erfahrung heraus: »Grund für diese Schwemme von Verwundeten war leider hauptsächlich wieder einmal der Heilige Abend, wenn auch unschuldig.« Mitfühlend und vorsorglich stellt er überdies seine Warnung unentgeltlich in den Raum: »Leichtsinn ist ein schlechter Ratgeber, aber die Mutter vieler Unfälle, und diese lauern immer dort, wo sie nicht sein sollen.« Die Zeremonie der zahllosen, überwiegend offenen Flammen im Gezweig des Weihnachtsbaumes wird eben aus alter Gewohnheit nicht so schnell ersetzt werden. Manche wollen sie um jeden Preis aufrechterhalten.

»Praktische, auch nicht ganz hässliche Ersatzplastikteile mit künstlichen Kerzen müssen doch ebenfalls gern verkauft werden«, wird dazu ganz kundig im Einzelhandel verkündet. Weit ungefährlicher, wenn auch mit weniger Romantik beseelt, würde diese Tendenz, wenn sie denn wahr werden sollte, auch sicherer die hohe Festzeit überbrücken helfen.

Der erfahrene Sanitäter traurig: »Jaja, die Sicherheit wird oft leichtsinnig aufs Spiel gesetzt, geht es doch in erster Linie um leuchtende Kinderaugen im Angesicht brennend strahlender Edelwachskerzen. Dadurch wird auch die Bescherung viel heimeliger.«

Während der gute Mann und Helfer noch weiter über seine diesbezüglichen Erfahrungen bramarbasiert, erreicht ihn ein unvorhergesehener Handynotanruf. Es ist seine schwer aufgeregte Frau und Mutter sämtlicher drei Kinder, eines davon sogar von ihm selbst.

Soeben im Krankenhaus eingetroffen und dort eilig vom ältesten Sohn hingebracht, klagt sie ihr Leid durch den Äther: »Du glaubst es nicht! Während du im Dienste der Menschheit und als Sanitäter unterwegs bist, habe ich am Nachmittag noch schnell meine besten Freundinnen eingeladen. Zwei davon sind zur Weihnachtsüberraschung frisch geschieden, und die dritte hatte einen handfesten Nervenzusammenbruch, einen Börnaut sagt man da, glaube ich. Es war wegen der aufmüpfigen Kinder. Die Kleinste glaubt mit ihren vier Jahren schon längst nicht mehr an das Christkind, und die zwei älteren sind ausgebüxt wegen häuslicher Zwistigkeiten. Eine Polizeistreife hat sie aber Gott sei Dank unversehrt wieder zurückgebracht. Der nette Polizist hat nur gemeint, das wär nix Ungewöhnliches um diese Zeit. Aber dann noch der Clou: Ihr Tollpatsch von Mann hat wieder einmal den Vogel abgeschossen. Der Trottel hat sich beim Christbaumstehlen in den Fuß gehackt. Ein fröhliches Kaffeekränzchen sollte es werden. Es wurde nichts daraus. Nicht einmal zum Glühweintrinken sind wir noch gekommen. Schnell wollte ich nämlich noch die restlichen Kerzen anzünden, um eine feierliche Stimmung zu erzeugen. Dummerweise waren die vom Heiligabend her schon recht niedergebrannt. Und plötzlich stand eines der Zweiglein in Flammen. Die trockenen Tannennadeln haben schrecklich geknistert. Ich wollte schnell den Rest der Kerze löschen, bevor unser Haus abgebrannt wäre. Leider mit der Hand. Flüssiges Wachs tropfte herab. Noch dazu auf den Ärmel meiner neuen, teuren Bluse. Die mit den Spitzen. Du weißt schon. Die vom Weihnachtsabend, die du mir geschenkt hast. Jetzt ist sie hin.«

Der überraschte Ehemann erkundigt sich neugierig: »Und wie steht's mit dir und der Hand sowie deinem Arm? Bist du schwer lädiert? Kannst du überhaupt heute Abend noch kochen, wenn meine Mutti zu Besuch kommt? Sonst müssen wir dummerweise noch den Pizzaservice kommen lassen. Das ist äußerst unangenehm. Du weißt, wie problematisch deine Schwiegermama werden kann!«

Da erst wird der guten Frau ihr Dilemma vollends bewusst. Der Schock bei solchen negativen Anlässen darf eben nicht unterschätzt werden. Im wahrsten Sinne des Wortes unangenehm betroffen, lamentiert sie: »In der Aufnahmestation musste ich drei Stunden wegen Überfüllung warten. Das hat saumäßig gebrannt. Die ganze Hand und mein rechter Arm stecken in einem dicken Verband. Verbrennungen dritten Grades. Der Herr Arzt sagte aber ungerührt: ›Sie sind nicht die Einzige mit weihnachtlichen Verbrennungen in diesen Tagen. Wir haben wieder Hochkonjunktur wie jedes Jahr um diese staade Zeit. Das Geschäft läuft enorm.‹« Nach einer kurzen Pause jammert die geschundene Ehefrau: »Eines sag ich dir gleich: Für die nächste Zeit müsst ihr euch selbst versorgen. Glücklicherweise kannst du mich aber in einer halben Stunde abholen. Und meine liebe Schwiegermutter darfst du auf den Mond schießen. Ihr habt ja genügend Raketen für Silvester gebunkert.«

Lauscha-Angriff mit Christbaumkugeln, anno domini

Das muntere Städtchen Lauscha, versteckt und abgelegen im Thüringer Wald, so heißt es glaubhaft überliefert, ist die Wiege der mundgeblasenen Christbaumkugeln und deren legitimer Nachfolger. Dort, wo der Rennsteig durch das bis zu 800 Meter stark aufragende Schiefergebirge eilt, zwischen sanften Hügeln, mehreren Wäldern sowie dem Glasbläsermuseum ist diese handwerklich-künstlerische Wiege beheimatet.

Das geht schon ganz schön weit zurück. Nämlich bis zum erlauchten Herzog Kasimir, dem Gründer des Kasimirianums, seiner damaligen höheren Grundschule, in der er selber noch was lernen wollte. Etwa genau um 1597 erteilte dieser aufgeschlossene Machthaber nochmals eine weitere privilegierte Gründung und Institution.

Milde sprach er zu seinen Hofschranzen und den Städtchenräten: »So sei es denn von dero meinen herzoglichen Gnaden erwirket, dass ab sobald schon wieder etwas Wichtiges entstehen darf.«

Man weiß auch genau, an wen er dabei dachte und worum es sich dabei handelte: um die beiden Glasermeister und Bläser Hans Greiner und Christoph Müller. Sie durften mit dieser Erlaubnis eine eigene Glaserhütte aufbauen und endlich legitim Glas blasen, so viel ihre Lungenflügel hergaben und solange sie wollten.

Und schon schlug etwas später um 1847 die erste Stunde für einen neuen Christbaumschmuck aus Glas, wenn es sich zunächst auch noch nicht um Kugeln handelte. Dieser bestand einstweilen lediglich aus nachgebildeten Äpfeln und Nüssen, sogar Birnen. Und das hatte seinen unfreiwilligen Grund, weil die guten Lauschaleute damals, also etwas früher, vielleicht so um die frühe Biedermeierzeit, so fürchterlich arm lebten, dass sie sich selber sehr leidtaten. Glücklicherweise waren sie zwar jetzt schon mit einem wunderbaren Handwerk, der Glasbläserei, vor Ort gesegnet, doch Handwerk hatte zu dieser nicht leichten Zeit wenig goldenen Boden. Der traf erst später ein. Außerdem war die ungute, darbende Erinnerung an den Dreißigjährigen Krieg zwar verblasst, aber nicht ganz getilgt. Normalerweise vergisst der durchschnittliche Mensch ja schlimme Zeiten so schnell als möglich im Zeitraffertempo. Jedoch hatte sich diese unangenehme Epoche erstaunlich lange im kollektiven Gedächtnis der Ortsbewohner eingeprägt. Die argen, damaligen Leiden wurden nämlich mündlich über mehrere Generationen weitergetragen. Im flüssigen Schreiben und Lesen haperte es ja bei den fleißigen Leuten noch etwas, weil sie, wenn auch fröhlich und munter, als naturgegebene Analphabeten umherliefen.

Doch seitdem, sogar bis heutzutage, klingelt es freilich recht angenehm in den Kassen fleißiger Bürger aus Lauscha. Inzwischen haben viele Mundglasbläser, sogar maschinell, ein annehmbares Auskommen in diesem sehr beschaulichen Örtchen zwischen Sonneberg und Landstadt erreicht. Nebenbei ist in diesem Milieu auch eine interessante Symbiose entstanden. In Rothenburg ob der Tauber, wo es, wie bekannt, mit künstlichen Kerzen und Leuchtketten durchgehend irrlichtert und weihnachtet, betreibt man geschickt im ortsansässigen Einzelhandel ganzjährig den Heiligen Abend. So hat sich diese Gegend zum verlässlichen Großabnehmer und zur Metropole für die fleißigen Christschmuckhersteller aus dem Thüringer Wald entwickelt. Hin und wieder muss sogar eine diesbezügliche Sonderschicht gefahren werden. Aber nur, wenn es wirklich nicht anders geht, braucht doch auch der Lauschaer Glasbläser nötig seine freie Zeit. Man ist ob der Tauber geradezu abhängig wie in Drogensucht von den Glasblas-Manufakturen und der Fabrikation weihnachtlichen Tands, hergestellt in Lauscha. Es freuen sich darüber sämtliche Touristinnen und Touristen aus China, Japan, ja sogar aus Österreich – und alle staunen erheblich über die weihnachtliche Pracht, zum Beispiel im Hochsommer, wenn im Schweiße des Angesichtes die Glöckchen und frohen, trauten Lieder erschallen. Der Nikolaus spielt da gerne mit, auch wenn er für die Jahreszeit viel zu warm angezogen sein dürfte.

Aber schnell zurück zur spannenden Historie: Es bliesen überlieferterweise damals schon viele Glasbläser alle möglichen durchsichtigen und wunderschönen

Sachen wie Schnapsflaschen, Lampenschirme, anspruchsvolles Nachtgeschirr und andere brauchbare Dinge. Aber wie es so geht, Weihnachten nahte wieder einmal vorschnell. Und was hängt man dann an den Christbaum zwecks Schmuck, wenn man nicht einmal echte Äpfel oder Birnen, geschweige denn Nüsse im kargen Vorratsspeicher hat? – Warum? Weil die Mäuse sowohl als auch freche Ratten wieder einmal ihr Verzehrunwesen radikal getrieben hatten. Dieser Plage musste man damals ohnmächtig zusehen, weil die Mausfallen nicht mehr ausreichten. Sie wurden ja noch von Hand gefertigt und hatten größere Lieferzeiten. – Die findigen Leute bildeten dadurch, wie schon angedeutet, ersatzmäßig sämtliche solche Obst- und Walnusssachen, sogar Zwetschgen, einfach als Christbaumschmuck in echtem Glas nach und hingen sie in das festliche Gezweig. Die erste Glaskugel entstand erst, als es den guten Leuten schon etwas besser ging. Da blies man einfach so vor sich hin, und siehe da, es entstand ein kugeliges Gebilde. Noch heute kann jeder Museumsbesucher die ersten, nicht ganz rund geblasenen Weihnachtskugeln als seltene Unikate bewundern. Sie sind allerdings unverkäuflich, wie es eben in so einem Museum leider ist. Nur Nachahmungen kann man zu einem vernünftigen Preis erwerben. Diese sind natürlich absichtlich auch nicht ganz rund.

Eine besonders wichtige Errungenschaft aus Lauscha darf aber bei all den wichtigen und sich sogar überstürzenden Ereignissen keinesfalls übersehen werden. Zum Wohle der gesamten Menschheit und des Erdkreises erfand ein langjähriger Einwohner und

Mitbürger des kleinen Städtchens eine besondere Prothese. Es war der Tüftler, Glasbläser und Bastler Ludwig Müller-Uri. Schon 1835 blies er das erste, gut brauchbare Glasauge der Welt. Noch heute blickt so manch Einäugiger verstohlen, aber zufrieden in sein Leben, und kaum einer merkt, was da künstlich aus dem anderen Auge schaut.

Weise soll der Erfinder gesprochen haben: »Es kommt nicht nur darauf an, dass man gut hört, sondern auch dass man zwei Augen besitzt, auch wenn das andere nur künstlich dreinblicken kann.«

Besonders glücklich traf diese überraschende Erfindung, noch dazu am damaligen Vormittag des Heiligen Abends, beinahe unverhofft, als Geschenk an beschädigte Menschen ein. Alle Einäugigen, nicht nur dieser schnell vergangenen Epoche, konnten nun wieder getrost aufsehen. Solche wohlgeformten Glasaugen haben sich dann auch in Windeseile unter den entsprechend bedürftigen Menschen verbreitet. Leider besteht das moderne Glasauge inzwischen aus feinstem, aufwendig geschliffenem Plastik, auch wenn man trotzdem damit nichts sehen kann. Jede übliche Farbtönung des Augapfels, ob blau, grau, braun, ja sogar grün, oder gemischt, kann fein ausgewogen geliefert werden. Als Massenware, besonders nach kriegerischen Auseinandersetzungen, wird es längst fabrikmäßig geblasen, weil der Bedarf, vor allem in unterentwickelten, waffenstrotzenden Gesellschaften, enorm zugenommen hat. Auch ein anderes wichtiges Sinnesorgan, das Ohr, ist durch unfriedliche Handlungen davon betroffen, wenn es weggeschossen wird. Ein gläsernes Ersatzohr ist aber bisher nicht in Erwägung gezogen worden. Die tüchtigen Glasbläser von Lauscha haben jedoch genügend andere Wirtschaftszweige wie den weihnachtlichen Baumschmuckbedarf gründlich erschlossen.

Wenn man heutzutage als aufgeschlossener Besucher im Glasbläsermuseum von Lauscha einem versierten Christbaumkugelglasbläser über die Schulter schaut, ist man immer wieder hocherfreut über diese erlesenen Kunstwerke. So eine mundgeblasene Kugel ist zwar bekanntermaßen nicht gerade billig. Es muss dazu ja auch sehr viel Lungenkraft vergeudet werden. Aber derjenige, der sie stolz an seinem Christbaum hängen hat, darf sich getrost als Kenner mit bestem Geschmack und als seltener Kunsthandwerksliebhaber bezeichnen. Und wer einmal so einem versierten, fleißigen Christbaumkugelglasbläser über die Schulter geschaut hat oder gar selber mehrmals unter Anleitung in das Glasblasrohr hineinblasen durfte, der weiß genau, worum es dabei geht. Und zwar ganz genau. Bläst man nämlich zu lange hinein, könnte die ganze Sache platzen. Da schätzt man dann die gesamte künstlerische, weihnachtsbezogene Vorgehensweise besonders vorsichtig. In puncto Christbaumschmuck gibt es nichts Vergleichbares.

Der sonderbare Christbaumschmuck

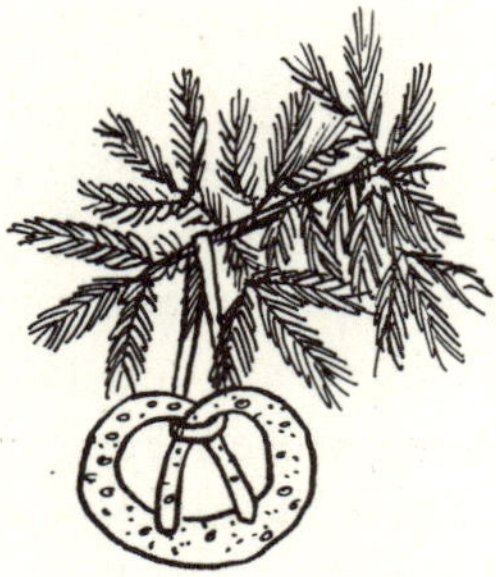

Nicht immer geht alles richtig glatt mit dem weihnachtlichen Glück. Vor allem, wenn schon manchmal im späten Adventsstress der Haussegen schiefherum hängt, weil die Nerven überstrapaziert worden sind. Die eintreffenden Weihnachtsferien zeigen sich da auch nicht gerade allzu förderlich, indem aufmüpfigen Kindern plötzlich die Aussicht auf viel Zeit eingeräumt wird. Obwohl sich dann die hektische Stimmung vielleicht etwas verbessern kann, wenn die ausufernden Einkäufe weitgehend getätigt sind und alles schon in froher Erwartung der einmaligen Menschwerdung entgegensieht, kann immer noch eine plötzlich und vollkommen unterwartet auftretende Überraschung den erwünschten Frieden verzögern. Der Kartoffelsalat mit Gurken ist zwar vorbereitet und die schmackhaften Wienerwürstl warten im Kühlschrank auf ihren Einsatz, aber es ist sozusagen keineswegs aller Tage Abend, noch dazu der Heilige.

Die glaubhafte Erzählung einer leidvoll geprüften Hausfrau, betreffend eines schweren und turbulenten Problems noch ganz kurz vor dem Christfest, ist weder gut erfunden noch unwahr. Und wenn doch, dann trifft diese beispielhafte Episode auf alle Fälle den Kern einer leider immer weniger beschaulichen Epoche. Nicht selten geht es da drunter und drüber, denn mit der Erwartung steigen ja auch die Nervosität und die Sehnsucht nach der staaden Zeit. Das ganze Problem ereignete sich laut frustrierter Zeitzeugin und Hausfrau etwa so wie anschließend beschrieben und hinterließ glücklicherweise keine größeren negativen Spuren in der sonst recht glücklichen Familie. Und da kann man wieder einmal aus voller Brust proklamieren: Wohl dem Familienverband, der noch einen betagten, erfahrenen, weisen Großvater aufweisen kann. Der musste nämlich in diesem tragischen Fall in die unerwartete Bresche springen. Doch das tat er sehr gern und tiefgründig, wie es seine Art noch heutzutage ist. Dafür soll ja schließlich ein Clanchef vorhanden sein.

»Das Ganze kam so und war bisher noch nie passiert«, so die erfahrene Hausfrau im Nachhinein. Die Suche nach dem alljährlich wieder zum Vorschein zu bringenden Christbaumschmuck war diesmal leider vergeblich. Die begehrte Schachtel mit den wunderschönen glänzenden Kugeln, dem Kristallchristbaumspitz, Fanfarenblasengeln, gläsernen Zapfen, Lametta und sonstigen strahlenden Objekten wie roten und gelben echten Wachskerzen blieb leider unauffindbar. Da wurde es verdammt eng. Denn der Heilige Abend sollte leider schon ab dem Spätnachmittag eintreffen und lässt sich, wie jeder weiß, schlecht verschieben. Gemütliches, unangestrengtes Beisammensein mit Ungezwungenheit, Kaffeepause und Dämmerschein vor den Wohnzimmerfenstern war angesagt. Doch es erschien leider sehr deprimierend, wie der schöne, gerade gewachsene Tannenbaum so schmucklos in seinem grünen Naturgewand auf die festliche Ausstattung wartete. Wie sich später herausstellte, hatte der dreijährige Benjamin der Familie, auch Benni geheißen, den betreffenden Karton mit der Aufschrift *»Für den Christbaum«* samt der schmucken Füllung versehentlich aus einem der obersten Schrankfächer zu Boden knallen lassen. Ähnlich einem versierten Kriminellen, beseitigte er alles Verräterische gründlichst. Schlau und gewandt waren im Nu sämtliche verbliebenen Anteile seiner Untat wie vom Erdboden getilgt. Das Ganze geschah völlig spurlos. Er verstand es auch, anschließend dermaßen harmlos zu wirken, dass selbst der erfahrene Sherlock Holmes nichts gemerkt hätte. Und der hat doch wahrlich alles gelöst, was die gesamte Kriminalgeschichte im Laufe der Zeit so hervorbringen konnte.

Irgendwie war er, der eloquente Benni, da hinaufgelangt. Er entpuppte sich ja schon öfter mal als Klettermaxe und Tunichtgut. Freilich passierte die Misere unfreiwillig und ohne größere Verletzungen des Delinquenten, aber das nützte trotzdem auch so gut wie wenig. Keiner ahnte etwas von dem heraufziehenden Problem. Er selbst litt zwar leicht unter Gewissensbissen, verbarg diese jedoch vorsorglich und tief in seinem jungen, sonst unschuldigen Herzen. Vorzeitiger Ärger war, so dachte er schlau bei sich, zunächst aus der Welt geschafft. Und später konnte ja pflichtgemäß hoffentlich das Christkind ein gutes Wort für ihn einlegen. Wozu erscheint es denn sonst sowohl an Weihnachten als auch als bester Freund sämtlicher Kinder, wenn schon der Schutzengel gründlich versagt hatte?

Erst später, unter einem durch die widrigen Umstände recht kurios ausgestatteten Weihnachtsbaum, beichtete der Bub schweren Herzens sein leichtes Verbrechen. Auf die bohrenden Fragen seiner Mutter, die gleich schon eine böse Ahnung mit sich herumgetragen hatte, gestand er kleinlaut, aber aufschlussreich, wenn auch unter tränenden Augen: »Ich hab doch nur die Weihnachtsplätzerl gesucht. Weil sie das liebe Christkind und die gute Mutti immer so fest verstecken müssen, damit sie der Opa nicht vorzeitig aufspeisen kann. Und im Sommer habe ich letztes Jahr auch noch welche gefunden. Aber die schmeckten so komisch und waren mit einem weißen Pelz überzogen.«

Die Mutter reagiert leicht entsetzt auf diese Beichte: »Jetzt ist mir alles klar. Deshalb war dir im Juli im vergangenen Jahr so lange schlecht, und du konntest tagelang nicht in den Kindergarten gehen. Und unser Hausarzt wollte uns einen Norovirus oder sogar Salmonellen unterstellen. Dabei putze ich überall, täglich und mit besten Reinigungs- und Desinfektionsmitteln, die gesamte Wohnung durch. Gleich nach den Feiertagen werde ich ihm das nachträglich verklickern. Gegen meine Zellulitis hat er mir ja auch nichts verschrieben. Er machte sich sogar darüber lustig, weil meine zarten Oberschenkel dadurch wie eine Orangenschale aussehen.«

Aber nun umgehend zurück zum entsprechenden Vorfall. Denn die traurige Tatsache war nun einmal unverhofft eingetroffen, und wie teuer ist dann oft guter Rat! Wie soll so plötzlich eine sinnvolle Abhilfe geschaffen werden? Bekümmert setzte sich die gesamte Familie unter den unschuldigen Tannenbaum und sinnierte über einen Ausweg.

Einzig und allein der kleine Benni erkannte sofort, wen man da umgehend konsultieren musste. »Lieber Opa!«, wandte er sich aus Erfahrung an seinen verschmitzten Großvater. Der wusste doch in jeder Situation besten Rat. Und so bestimmt auch dieses Mal. »Dir fällt doch immer was ein, oder?«

Jetzt wurde wieder einmal offensichtlich, was doch an Wissen und Weisheit selbst das fortgeschrittene Alter alles noch zu bieten hat. Der weißhaarige, über neunzigjährige Veteran konnte erneut seine Unentbehrlichkeit beweisen. Als Erstes, und um freie Hand zu bekommen, verkündete er bestimmt sowie widerspruchslos: »Jetzt hört einmal alle her. Ihr verlasst jetzt, bis auf den Benni, augenblicklich und für mindestens zwanzig Minuten unser Wohnzimmer. Als Nichtraucher braucht ihr ja auch nicht unbedingt zur Haustür hinaus, sonst friert euch noch der Hintern ein. Ich bin zwar keineswegs das Christkind, aber mit der Bescherungsmeldeglocke werde ich euch dann das entsprechende Zeichen übermitteln lassen. Und ich garantiere jetzt schon, die Überraschung wird euch alle ziemlich stark erfassen.« Und schon, schwupp, waren sie alle hinweg.

Nun begann ein besonders eifriges Treiben. Der Benni wurde sofort eingeweiht und schleppte seine Lieblingsspielsachen herbei. Und der wendige Großvater behängte flink den nun schnell immer üppiger ausgestatteten Baum unkonventionell, aber interessant. Von fünf verschieden großen Teddybären über Kasperlfiguren wie dem Schutzmann, dem Zauberer bis zum Krokodil und der Gretl, lugten bald alle möglichen und unmöglichen Sachen zwischen den Zweigen hervor. Der Opa griff dann schnell noch auf seine Kuriositätensammlung alter Pfeifen, Tabakdosen, zwei Miniaturbilder jeweils vom größten und dem kleinsten Soldaten aus dem Ersten Weltkrieg, eine verrostete Karbidlampe, eine Maultrommel und andere erlesene Dinge zurück. Auch sein früheres Gebiss – das neue hatte er erst kürzlich vom Dentisten erhalten – bekam einen Ehrenplatz im vorderen Gezweig. Und da er schon länger eine Glatze besaß, musste auch noch ein früheres Echthaartoupet als Schmuck herhalten. Er verkündete dazu später: »Das ist reinstes Engelshaar, direkt vom Himmel hoch ausgerupft und dahergekommen.«

Dann wurde noch schnell eine dicke Kerze in die Karbidlampe gestellt und angezündet, weil der findige Veteran schon seit Langem kein Karbid mehr zur Hand hatte. Es sollte ja nicht nur originell, sondern auch möglichst feierlich und im wahrsten Sinne beschaulich werden. Das wurde mit der einsamen Kerze als Unikatleuchte nicht ganz einfach. Die ungewöhnlichen Dinge schauten dadurch fast etwas unheimlich aus den Tannenzweigen hervor. Vor allem das Krokodil wirkte unfreundlich mit seinem aufgerissenen Maul voller scharfer Zähne. Da schauderte der kleine Benni doch etwas. Aber zum Glück war ja auch der Polizist, bewaffnet mit der »Bretschen«, einer Schlagwaffe aus gefaltetem Karton, mit von der Partie. Bei jedem Kasperlspiel knallte nämlich der vorsorgliche Schutzmann dem Ungeheuer eins aufs Maul. Das löste unweigerlich bei Groß und Klein eine längere Lachsalve aus.

Der ziemlich aufgeregte und erfreute Bub durfte dann das Bescherungsglöckchen lautstark erschallen lassen. Und schon erschienen die übrigen, neugierigen Familienmitglieder auf der Schwelle zum Wohnzimmer. Das Aufatmen über die verzögerte Ausschmückung des Weihnachtsbaumes war aber zunächst recht verhalten. Es brauchte doch eine längere Gewöhnungsphase, um die unvorhergesehene Überraschung zu verdauen. Einzig der Benni und der Opa hatten ihre Freude daran, wie die übrige Familie so nach und nach mit säuerlichem Lächeln und frappiert die originelle Dekoration geistig verarbeitete. Das dauerte natürlich einige Zeit. Erst dann waren eitel Wonne und christliche Zuversicht wieder eingekehrt.

Die Mutter und tüchtige Hausfrau: »Wenigstens wurde die gesamte Kripperlausstattung in einer anderen Schachtel aufbewahrt, so ist doch immer gleich eine weihnachtliche Stimmung gewährleistet. Das kleine Jesulein, die Heilige Familie und natürlich auch Ochs und Esel stimmen uns immer wieder traulich und umgehend auf das christliche Geschehen ein. Außerdem singen wir jetzt frisch von der Leber weg das Lied der Lieder für Weihnachten.«

Gemeint war natürlich nichts anderes als »Stille Nacht, heilige Nacht«.

Der absonderliche Christbaum wurde aber dann doch die überwältigende Attraktion für alle zahlreichen Besucher aus der Großfamilie von nah und fern.

Noch heute, bereits nach Jahr und Tag, spricht man zwar nicht besonders erbaut, aber immerhin achtungsvoll und erstaunt von dieser weihnachtlichen Episode. An Nachahmern so einer ungewöhnlichen Ausschmückung fehlt es jedoch bis zum heutigen Weihnachtsabend. Als Resümee daraus wird nun bereits jährlich frühzeitig, wenn der Sommer zur Neige geht, das weihnachtliche Inventar sorgfältig überprüft und sicher verwahrt. Denn der Benni ist zwar größer, aber noch weniger einsichtig geworden. Selbst heute denkt er still für sich, dass damals der abenteuerliche Christbaum ja genau nach seinem Geschmack ausgestattet gewesen ist.

Glücklich im Schneesturm gefangen

Heutzutage wird der Mensch ja umgehend als vermisst gemeldet, wenn er nicht alle Stunde per Facebook oder in sonstigen sozialen Netzwerken Präsenz zeigt. Instagram, Snapchat, Odnoklassniki in Russland, Weibo in China sowie Orkut in Südamerika und Indien vermitteln ebenfalls geduldig jeden Unsinn. Je dämlicher diese Daseinsäußerungen durch mäßige Witze, ein Grinsen auf dem Selfie oder zweifelhafte Banalitäten erfolgen, desto sicherer weiß man, dass der arme, mitteilsame Homo sapiens noch auf dieser Erde zugegen ist. Vor allem die jüngere Generation langweilt sich hilflos zu Tode oder glaubt, vereinsamen zu müssen, falls der Nachschub an solchen Ausdünstungen von ganz wenig echten, jedoch von ganz vielen unbekannten Freunden ausbleibt. Wenn es etwas totzuschlagen gibt, dann ist es vor allem die Zeit, die man glaubt, endlos zu besitzen. Sie muss aber unbedingt möglichst schnell überbrückt und die momentane Szene gewechselt werden. Man ist der fatalen Meinung, das tolle, richtige Leben spielt sich immer anderswo ab. Ein passendes Sprichwort unterstreicht die Unzufriedenheit: »Schöner ist es anderswo, denn hier bin ich ja sowieso.« Das Wort »Erwartung« wird zunehmend eiliger und deutlicher zum Feind der Gegenwart. In immer kürzeren Zeitabständen muss etwas Neues, Glück Verheißendes geschehen. Schnelllebiger denn je entweicht der Augenblick auf Nimmerwiedersehen.

Früher war ich auch schon leicht älter und noch dazu fast ein Jahr alleinstehend. Kaum jemand wurde damals aufdringlich oder unangenehm mitteilsam, obwohl man sich in freundschaftlicher Gesellschaft bewegte. Der handgeschriebene Brief dominierte auswärtige Verbindungen. Vor Ort sowie fernmündlich sprach man miteinander noch von Mann zu Mann, von Frau zu Frau oder gemischt. Es existierte unangefochten noch das Persönliche. Die Facebookmanie ruhte in der unbekannten Zukunft. Das Telefon konnte als stationär gebundene Sprech- und Horchmaschine nirgendwohin mitgenommen werden. Die virtuelle Welt steckte ja vor recht Kurzem noch in den Kinderschuhen. Ja, man glaubt es jetzt kaum mehr, aber die Abgeschnittenheit von Kommunikationen jeder Art hatte eine unglaublich beruhigende, heilsame Wirkung auf die sogenannte Psyche. Unvergesslich bleiben dabei die normalen Erlebnisse dieser verschwundenen Ära, obwohl man es alltäglich gar nicht anders kannte.

Ein guter Freund, halb Bayer, halb Amerikaner von Herkunft, meinte gestern philosophisch angehaucht zum Abschied vor meiner Wanderung in eine wetterbedingte Herausforderung: »Halte alle deine Augenblicke möglichst lange fest. Es geht manchmal atemberaubend schnell dahin, und schon heißt es:

›How we looked and how we lived in a vanished upper Bavaria.‹« Er konnte leider nicht mit, wegen einer Hühneraugenoperation.

Keinen Minicomputer, zu Deutsch vormals Handy, als wanderndes Telefon, später mit Fotografierausstattung und heute als unentbehrliches, superfunktionales Smartphone hatte ich damals im Rucksack. Für mich bleibt dieses Abenteuer immer gegenwärtig wie so manch anderes, nie mehr wiederholbar gleiche Geschehen.

Ich steige trotz böser Wettervorhersage um die Adventszeit im tiefen Schnee langsam bergauf. Die Skier versinken bei jedem Schritt im weißen Pulver. Schon nach mehreren Stunden ist er dann plötzlich da: der angekündigte Schneesturm, mit herzlichen Grüßen aus nördlichen Gefilden. Blizzardmäßig.

Obwohl der selbst gezimmerte Unterschlupf, auf abgelegener, steil abfallender Felsrippe erbaut, nicht mehr allzu fern sein müsste, tappe ich etwas unsicher in die entsprechende Richtung. Unmittelbar steht dann geisterhaft, wie durch das Nichts erschienen, die aus dem Bergwald aufragende Wand vor mir. Die Sicht sinkt allmählich gen null herab. Es dämmert, Nebelfetzen flattern um die Ohren, das Schneetreiben tobt. Es knattert und pfeift gewaltig. Die unheimlichen Geister aus den Raunächten müssen sich schwer im Kalender geirrt haben.

Meine Orientierung, zum Beispiel in städtischer Umgebung, ist zwar nicht besonders ausgebildet. Öfter schon habe ich mich im Straßengewirr einer Großstadt heillos verlaufen. Und fragt man dann nach dem Weg zum Ziel, heißt es sofort, jedoch nicht besonders aufschlussreich: »Ich bin auch nicht von hier.« Doch im Gebirge hat mich bisher der entsprechende Instinkt nie verlassen. Und wen sollte man da oben in dieser einsamen, abgelegenen Welt schon fragen, wo doch überhaupt niemand da sein kann, der sich noch dazu auskennt? Ist es ein innerer Kompass, ähnlich wie bei den Zugvögeln? Oder ein gehäufter Zufall? Vielleicht, vielleicht entwickelt sich aber so eine wichtige Sache aus Erfahrung und Routine heraus, und es entsteht tatsächlich so etwas wie eine echte Spürnase. Diese wird in rauer, verwunschener, sogar etwas feindlicher Natur, besonders in den Bergen, unbedingt notwendig.

Möglicherweise ist es aber ganz einfach: Entweder man hat sie, oder man hat sie nicht. So eine fast einem Phänomen gleichende Begabung zeigt sich nun wieder einmal. Doch nachdenklich hält man kurz inne. Denn so mancher ist da oben in solchen Gefilden schon verschwunden, wenn der oberwichtige sechste Sinn einfach nicht hervorkommen wollte. Man muss es nämlich problemlos förmlich riechen können, wo es denn hingehen soll. Wer will schon gern verloren sein und die gierigen Reporter sowie Tageszeitungsredakteure mit einer traurigen Nachricht füttern?

Die Skier werden in einer Felsnische deponiert. Mühsam und dem Tastsinn vertrauend, suche ich die verborgenen Griffe im Gestein. Unter dem Schnee sind sie wirklich gut versteckt. Oben angelangt, steht man, hin und her schwankend, im weißen, wirbelnden Getöse. Nicht weniger schwierig geht es mehrere Meter ans Hinabklettern. Unverhoffte Böen versuchen mehrmals, mich von der Felswand abzuschütteln. Zum Glück vergeblich. Da wird man zur unabschüttelbaren Klette. Dann, auf dem Felsvorsprung, tastet der Geübte sich vorwärts bis zur Plane vor dem Eingang. Diese hängt nur im Winter hier herum. Im Sommer dagegen bleibt der Eingang »planlos«. So ein Wort kann augenblicklich an die besten Lebensabschnitte, zum Beispiel die Schulferien, erinnern. Da hat man am liebsten nichts getan.

Weil es um diese jetzige Zeit, wie man sieht, winterlicher werden könnte, sichert auch ein von mir angebrachtes Seil die abschüssige Partie. Der Abgrund ist zwar nur zu erahnen. Er gähnt aber trotzdem unsichtbar vor sich hin.

Glücklich bin ich endlich in meinem Unterschlupf angelangt. Im rückwärtigen Teil ist eine Klappe am Boden, da zieht es heftig herauf. Trotzdem können dringende Geschäfte dadurch mehr oder weniger problemlos erledigt werden. Klappe zu, Unterschlupf dicht. Man fragt sich ja öfter bei entsprechender Lektüre, wie zum Beispiel so ein Nordpolarforscher wie Fridtjof Nansen bei minus 40 Grad seine hin und wieder drängende Notdurft verrichtet haben könnte. Das war sicher alles andere als einfach. Und das Gleiche gilt natürlich auch für den Herrn Amundsen am Südpol – da ist es sogar oft noch kälter.

Ein ziemlich altes Feldbett – es soll noch aus dem Ersten Weltkrieg stammen – ist nun mein Ruhepol, nachdem ich den Schnee abgeschüttelt habe. Ich schlüpfe samt den beiden Skischuhen in den dicken Schlafsack. Das darf man hier, niemand regt sich darüber auf, und die verdiente Ruhe kann endlich Einzug halten. Die einzige Gefahr könnte die Entstehung eines Fußpilzes werden, wenn dieser in den

Socken freie Entfaltung bekommt. Das schreckt aber nur den Ängstlichen.

Draußen heult der Sturm. Das Thermometer, eigentlich das Quecksilber, war plötzlich gefallen, und zwar sogar ein größeres Stück unter null. Die primitiven Dachträger knarren traulich, und drei Hindenburglichter brennen an diesem dritten Adventssonntag heimelig. Es geht eben nichts über symbolhafte Ereignisse. Zufrieden mit mir und der Welt lasse ich die Gegenwart ganz langsam und vorsichtig entweichen und schlafe selig bis auf Weiteres ein.

Später, so um Mitternacht herum – die Uhr habe ich absichtlich auch vergessen – kommt eine Flasche Spätriesling an die Reihe. Und schon wird es wieder symbolisch. Denn es hat heuer sehr lange nicht geschneit. Spät rieselt nun der Schnee, tatkräftig vom Sturm und nachträglich dafür umso gewaltiger unterstützt. Versonnen trinke ich gleich mehrere Schlucke aus der Flasche heraus, denn ein Glas habe ich auch vergessen.

Ich vergesse hin und wieder absichtlich so viel als möglich, bis auf die wichtigste Vergangenheit. Die findet gerade noch Platz im Oberstüberl. Eine gewisse geistige Entrümpelung greift gerne um sich. Das hat glücklicherweise überhaupt nix mit Alzheimer zu tun. Dann schlafe ich sofort wieder ein.

Als ich entspannt aufwache, ist es möglicherweise Vormittag. Das ist mir auch völlig egal. Ich spähe aus dem kleinen Fensterl. Nix zu sehen außer wahnsinnig eilig vorbeiflitzenden Schneeflocken. Sofort schlafe ich wieder ein. So wacht man kurz, schläft dafür umso länger. Draußen türmt sich der Schnee. Dazwischen Klappe auf, zu. Jetzt stellt sich aber doch langsam und mit Recht nagender Hunger ein. Zwei Brezen, ein Lederapfel säuerlich-süß, den ich besonders liebe, und drei Bananen sind richtige Schmankerl sowie nahrhafte Hungerstiller. Dazwischen wurde natürlich auch der echte, nicht alkoholschwangere Durst gestillt, gerade noch, bevor sich das erste Eis in der Mineralflasche bilden wollte. Ich stelle sie vorsichtshalber zwischen drei frische Hindenburglichter. Und schon wird wieder eingeschlafen.

Nun haben wir so ungefähr den zweiten Tag. Der vergeht in ähnlicher Reihenfolge. Am dritten Tag bin ich endlich ausgeschlafen und fit wie ein Reebok. Gemeint ist natürlich der Markenturnschuh und nicht der Geweihträger. Der Ausblick durch das Fensterl hat sich zur Aufhellung hin verändert. Vorher schon haben ein paar völlig neue Sonnenstrahlen ihren Weg in den Unterschlupf gefunden. Ich rekle mich, ich strecke mich.

Noch ein paar Schlucke vom Spätriesling, und völlig runderneuert breche ich langsam auf. Hinabklettern, Skier anschnallen, und durch den hüfthohen Pulverschnee, der frisch um die Spürnase fliegt, schwebt der erholte Bursche dem Tale und dem weihnachtlichen Getriebe zu. Drei Tage Sturm, Abgeschnittenheit beinahe von der gesamten Menschheit und Kommunikation, haben wieder heilvoll bewiesen: Man lebt erheblich und zwar immer wieder neu ab sofort und nur zur momentanen Zeit. Und eine natürliche Herausforderung sowie entspannende Faulheit sollten doch öfter eintreffen. Da kann es dann noch so hektisch werden, wie es gerade will, wenn die Weihnacht naht. Einen ganzen Rucksack voll beschauliche, staade Zeit habe ich vorsorglich mitgebracht.

Waidmannsheil und vielen Dank im Advent

»Sprechen sie mit Ihrem Jäger des Vertrauens«, so ein Zitat aus dem Brevier unserer bayerischen Jägerschaft. Das habe ich ausführlich getan. Was ich vorher nicht wusste: Es war Jagdzeit. Dadurch entwickelte sich das Gespräch leider etwas anders, als es die staade, erwartungsfrohe Zeit im Advent so kurz vor Weihnachten geboten hätte. Im Nachhinein muss ich aber leider auch gestehen, dass ich trotz der gefährlichen Situation dem guten Waidmann und Waffenträger ungebührlichen, ja gefährlichen Widerpart bot. Das hatte er freilich niemals erwartet. Ich habe leichtsinnig seine Autorität untergraben und seine Pirsch ins Leere laufen lassen. Diese, seine Autorität empfand ich aber beinahe als tiefe, unaufgeklärte Bosheit. Von einem Zwiegespräch im traulichen Advent hätte ich mir mehr Herzlichkeit und Verständnis erwartet. Doch der Reihe nach:

Auch wenn die Tage schon recht kurz werden und der Dämmer bereits frühzeitig am Spätnachmittag einsetzt, habe ich die Angewohnheit, in diesem fahlen

Halbdunkel noch auf geheimen Pfaden, etwas abseits der überbreiten Forststraßen, eine bestimmte Aussichtsbank im Vorgebirge anzusteuern. Und dann schaue ich auf das emsige Gewusel sowie den beeindruckenden Bewegungsdrang von Menschen und Verkehrsteilnehmern hinab und denke mir meinen Teil: *Ameisenhaft.*

In den Tagen so kurz vor Weihnachten, wenn schon das Christkind fast reisefertig seine Vorbereitungen zum heiß ersehnten Besuch auf Erden trifft, ist das für mich besonders anregend und feierlich. In Selbstbesinnung und Entspannung, die Highlights des beinahe abgelaufenen Jahres Revue passieren lassend, steige ich dann langsam aufwärts. Recht leise, um kein einziges Wild, das ich seit Kinderbuchtagen sehr liebe, zu beunruhigen, pirsche ich wie ein Indianer vorwärts. Der Mond zieht bereits, wenn auch noch in Silber statt in Gold gehüllt, seine traute Bahn. Ein Hauch von Frost umweht die Nase und die Ohren ungebührlich, aber frisch. Doch das ist die freie Gottesnatur um diese hohe, beschauliche Zeit. Da ist man allein mit sich und seinen feierlichen Gedanken an frühere und spätere Begebenheiten. So glaubt man wenigstens, man denkt keinesfalls daran, dass jemand mit scharfen Augen heimtückisch herumspäht. Noch dazu bewaffnet. Die Gegenwart schleicht sich kaum merklich in die Vergangenheit hinein, ja, man könnte fast glauben, dass sie eine Weile ruht und das kontinuierliche Altern weniger bedrohlich fortschreitet.

Doch diese etwas leichtsinnige Einstellung sollte mir diesmal beinahe zum Verhängnis werden. Auch wenn ich dadurch einem Rehkitz und seiner lieben Mutter unbewusst das Leben gerettet habe, bin ich dabei selbst nur um ein Haar dem sicheren Tode entronnen. Ich denke dabei im Nachhinein und mit Schaudern an eine Zeitungsbotschaft betreffend den privilegierten, eifrigen Sheriff des deutschen Waldes. Da las ich, dass allein in Deutschland – und da ist ja meine Heimat südliches Oberbayern mit Sicherheit auch mit eingeschlossen – jedes Jahr zwischen 25 und 50 Menschen bei Jagdunfällen ihr armes Leben lassen müssen, ob sie wollen oder nicht. Wie viele Schwerverletzte da zusätzlich gerade noch davongekommen sind, wer weiß? Hier spielen offensichtlich Zufallsprinzip und Schicksal eine große Rolle, denn der Waidmann erfüllt ja nur seine ihm aufgetragenen Scharfschusspflichten.

Da warnt man doch immer heftig vor den paar einsamen, wilden Tieren, die sich in unser stark zivilisiertes Land verlaufen haben. Es sollen ja sogar wieder einige schreckliche, ungezähmte Wölfe in abgelegenen Ecken der Bundesrepublik ihr Unwesen treiben. Allerdings besagt eine diesbezügliche, frappierende Statistik, dass innerhalb von 50 Jahren lediglich neun Menschen durch Wölfe zu Schaden gekommen sein sollen. Das macht im höchsten Fall ungefähr 0,18 Leute pro Jahr, und diese haben noch dazu weitgehend überlebt. Da kommt logischerweise eine dringliche Frage auf: »Wovor soll jetzt der gute Bürger mehr geschützt werden? Vor dem unheimlichen Isegrim oder dem eifrigen, pflichtbewussten Jägersmann, der seine Abschussquote um jeden Preis erfüllen muss? Hinzu kommt, dass der Wolf von Haus aus ein viel scheueres Tier als der

Jäger ist. Denn Letzterer protzt auch gern mit seinen Jagdtrophäen, die er dann im Wohnzimmer jeden Tag schon frühmorgens bei Kaffee und Wurstbrot zufrieden anschaut, bis ihn die Frau Jäger wieder auf die Pirsch schickt: »Zum Mittagstisch will ich ein Wildbret braten und ein paar Fuchspelze für den Wintermantel brauch ich auch!«

Und obwohl zum Beispiel im gesamten Europa nur noch wenige Schadbären umherstreifen, wagt sich kaum mehr so ein Pelzbruder in unsere Gefilde und in den Herrschaftsbereich unserer selbst ernannten Heger und Pfleger. Vielleicht hat es sich nicht nur bei Naturbesuchern, sondern auch bei Meister Petz und seinen Freunden schon herumgesprochen, dass man schneller eins auf den Pelz gebrannt bekommt, als man denkt. Der größte Waidmannsdank tönt noch Jahrzehnte nach, wenn so ein Jägersmann einen echten Bären erlegen konnte, obwohl er schweren Herzens anonym bleiben muss, wegen der unangenehmen Artenschützer. Oder wenn das wegen Mangel an Bären nicht so leicht geht, dann will er doch wenigstens eine Wildsau erlegen.

Ich bekenne, dass ich leichtsinnigerweise die Aufrufe der deutschen Jägerschaft nicht mitbekommen habe. Die besagen, dass Waldbesucher auch im Gebirge während der Jagdzeit dazu aufgefordert werden, keineswegs von den Wegen abzuweichen (gemeint sind die zahllosen wichtigen, übermäßig breiten, großflächig gewundenen Forststraßen, die dem Jäger und seinem Jeep zum Aufstieg dienen). Im Nachhinein habe ich dabei erfahren, dass zum Beispiel laut Jagdplan ein kleines Rehkitzlein das ganze liebe Jahr über bejagt, das heißt umgebracht werden kann. Also dürfte man sich eigentlich überhaupt nicht mehr ohne eine latente Gefahr ganzjährig und ohne zufällig scharf beschossen zu werden in freier Natur bewegen. Und wer will schon so mir nichts, dir nichts, auch ohne böse Absicht, in den Rücken getroffen werden? Ich kenne da niemanden.

Und so nimmt das Verhängnis seinen Lauf. Der Sheriff des deutschen Waldes sitzt mit seiner, wie ich anschließend feststellen durfte, breiten Sitzfläche, einem ansehnlichen Bauch und umfangreicher Statur, heimlich auf seinem Ansitz. Er beobachtet nicht nur argloses Getier, sondern auch mich nachdrücklich. Gerade will er einem Rehkitz und dessen lieber Mutter den Garaus machen. Doch durch meine Dreistigkeit habe ich die beiden, ohne es zu merken, bis auf Weiteres gerettet.

Unbekümmert, leise und tief berührt von Gottes freier Natur und seinem Atem bewege ich mich weiter schleichend aufwärts. Winnetou könnte das bestimmt auch nicht besser, obwohl er trotzdem erschossen worden ist. Kurz sitze ich dann oben auf meiner Aussichtsbank. Nun brummt unerwartet ein Jeep die Fahrstraße herauf und hält unverhofft. Da entsteigt er, persönlich, der tapfere Waidmann.

Aus einem mulmigen Gefühl heraus und weil man nie weiß, was so ein Waffenträger vorhat, tue ich so, als ob ich nicht da wäre. Ich stelle mich unsichtbar, scheintot, summe aber leise ein weihnachtliches Liedlein vor mich hin. Doch so einfach ist das mitnichten. Denn schon richtet er persönlich, nicht gerade ungrob, sein nachdrückliches Wort an mich:

»Hab i di dawischt! Du bist scho öfter do rauf. I möcht grad schiaßn, do kommst du daher. Hast a Glück g'habt! So genau sicht ma des um de Zeit nimma im Dezember. Wenn du do oiwei raufgehst, konn i für nix mehr garantier'n. Wenn's jetz scho so früh dämmrig werd, gell! Und im Dunkl'n konn i de g'schossenen Viecher auch nimma 'nunterziag'n! Merk dir des! Oiso: Nix geht do herob'n mehr mit dir, lass dir des g'sagt sei!«

Ich stelle mich bockig und lasse es mir nicht in diesem harschen Ton gesagt sein, bleibe jedoch recht nett: »Ja mei, du guter Jägermeister und Waffenträger, vielleicht solltest du einmal die Bayerische Verfassung lesen. Da ist der freie Zugang zu Wald und Flur festgeschrieben. Zu jeder Tages- und Nachtzeit. Und erst recht so kurz vor Weihnachten, wenn wir bereits alle auf das große Ereignis warten. Da ist es im Wald besonders schön, weil über die Tannenspitzen schon die Englein flitzen. Pass bloß auf, du wuider Schusspatron, dass du unser gutes Christkindl nicht versehentlich umballerst und womöglich anschließend als schmackhaftes Wildbret verspeist! Jeder, sogar ein Jagdmann und Gebirgsschütz, sollte doch das frohe, weihnachtliche Geschehen nicht unfriedlich kaputt machen! Wenn du selber eine arme Kreatur wie zum Beispiel ein Rehlein sein würdest, hättest du auch kein Verlangen danach, noch so kurz vor dem Heiligen Abend zu sterben.«

Da merke ich aber sofort: Das war die verkehrte Antwort. Drohend kommt er ganz nahe heran. Noch hängt der Schießprügel mahnend und locker an seiner Schulter.

Ich werde unruhig: »Wenn du mich jetzt erschießt, dann melde ich das, und du bist deinen Jagdschein los!«, erkläre ich lautstark und mannhaft. Ins Bockshorn lasse ich mich nicht so leicht jagen. Ich bin aufgestanden und richte mich großartig auf den Zehenspitzen auf, um auch einen möglichst gefährlichen Eindruck zu machen. Unbewaffnet, ohne Arg und Auge in Auge mit dem Waidmann stehe ich da. Ich kann nicht anders. Da sehe ich: Der ist ja kleiner als ich und bestimmt auch nicht mehr ganz jung. Und in schlauer Diplomatie füge ich schnell hinzu: »San ma wieder guad! Ich passe nächstes Mal besser auf, wo du dich rumtreibst sowie wo du hinschiass'n willst und vermeide deine gefährliche Nähe.«

Anscheinend hält ihn dann doch eine Portion Unsicherheit, ja vielleicht sogar Menschlichkeit davon ab, mich zu erschießen. Er droht noch ungenau mit seiner Präsenz und Macht als Herrscher über den deutschen Wald mitsamt dessen Getier, steigt aber dann in seinen Jeep und entfernt sich nachhaltig. So glaube ich jedenfalls.

Ich rufe ihm noch frech nach: »Den weiteren Ärger musst du bestimmt anschließend mit deiner Frau ausfechten, wenn du ohne weihnachtlichen Wildbretbraten heimkommst. Das tut mir aber gar nicht leid!« Beim besonders leisen, vorsichtigen Abstieg über den schmalen, kürzeren Waldpfad bin ich mir aber sicher, dass sich die Gefahr verzogen hat. Es wird sich doch hoffentlich nicht noch so ein zweiter Scharfschütze herumtreiben?

Aber da kommt der gerade Verschwundene schon wieder auf der kurvenreichen, viel längeren Forststraße angebrummt. Ich winke ihm freundlich zu, er hält kurz an. Da verschwinde ich dann aber schnell hinter den nächsten Bäumen, bevor er mich über Kimme und Korn anvisieren kann. Sicher ist er ein guter Schütze. Hoffentlich nennt er nicht ein Nachtsichtgerät sein Eigen. Ich habe ja den Herrn über alles, was da kreucht und fleucht, sowieso schon über Gebühr gereizt. Außerdem geht mir der weihnachtliche Frieden über alles. Und der gute Mond grüßt, inzwischen total golden, hinter ein paar Föhnwolken hervor. Da atmet man tief und glücklich auf. Ich habe unbeschadet überlebt und freue mich auf die festlichen Tage besonders.

Vom heiligen Stiefvater Josef

Ein junger, ehrgeiziger Nachwuchspriester, den ich auf einer Party kurz nach Weihnachten kennengelernt hatte, wollte in seinen Forschungen nicht lockerlassen. Er stieß irgendwann in angeborener Nachdenklichkeit auf eine brisante Sache. Nicht nur, weil es sich um das Thema seiner theologischen Doktorarbeit handelt – diese besonders schwierige Angelegenheit beflügelte sein Vorhaben auch aus reiner Neugierde. Die Herkunft des heiligen Josefs sollte es sein.

Angeheitert, aber grüblerisch meinte er versonnen: »Man weiß nämlich normalerweise so gut wie überhaupt nichts über die entfernteren, wenn auch angeblich nicht direkten Verwandten von Jesus, väterlicherseits gesehen. Oder müsste es doch tatsächlich stiefväterlicherseits heißen?«

Egal. Interessant bleibt dieses Thema auf alle Fälle. Die Grundlage für die erfolgreichen Recherchen des novizenhaften Freundes bildeten mehrere Voraussetzungen. Einmal und zunächst nahm er sich die alten Schriften und Traktate der frühesten Kirchenväter vor. Diese sind immer noch sehr zahlreich und kaum erschlossen. Da ist ja weiterhin manche wissenschaftlich-religiös beweisbare Perle der Geschichte aus solchen Fundgruben zu heben. Beispielsweise der frühere Katechumene und spätere Bischof Ambrosius war auch so einer dieser aufschlussreichen Geheimnisträger.

Dann schloss er, der Nachwuchspriester, sich kurz entschlossen einer Gruppe von Bibelgelehrten und Forschern, betreffend die christliche Frühzeit, an. Diese hatten schon auf mehreren Reisen das »Gelobte Land« erkundet, zwischen Mittelmeer, Nil, Euphrat und Tigris. Trotzdem war es auch in seiner frühesten Ausdehnung immer schon gelobt, also von Gott verheißen. Die Ausbeute ihrer Nachforschungen war zwar bisher nicht enorm, aber das neue Thema des eloquenten Freundes reizte die durchweg schon älteren, gesetzten Leute, eine Mischung aus katholischer und evangelischer Besatzung, doch sehr.

Auch eine einzige protestantische, sogar am Altar dienende Frau Dekanin war mit von der Partie. Sie proklamierte etwas suffragettenhaft: »Ich bin die zukunftsweisende Quotenfrau dieser wichtigen Forschungsunternehmungen!«

Teilweise als kirchlich-religiöse Kapazitäten ausgebildet, waren aber alle scharf darauf, neue entsprechende Wissensgebiete für die jeweiligen Kurien zu erschließen. Sie wollten sich auch einmal hervortun und beitragen zum Fundus und zu den Wurzeln ihrer weltumspannenden Religionen.

Der weise Anführer der Wandergruppe meinte zu seinen Gefolgsleuten: »Dies sind nicht nur Reisen in die Welt von Jesu. Es sind auch kompetente Versuche,

Licht in das Dunkel solcher Verflechtungen und Stammbäume zu bringen. Schließlich wollen wir alle miteinander die Weihnacht in aufgeklärter und demütiger Klarheit feiern, oder?«

Die Bekanntschaft zu meinem geistlichen, neuen Freund entspann sich folgendermaßen: In einer Tanz- und Trinkpause – es handelte sich um eine ausgelassene Faschingsparty im Pfarrsaal – kamen wir uns näher. Und wir ruhten dann später nicht eher, bis eine unverbrüchliche, fruchtbare Freundschaft entstanden war. Das haben wir aber nicht nur dem Alkohol, sondern auch einer Basis zu verdanken, die auf gleichen geistig beruhenden Bahnen und Interessen sitzt. Es handelt sich um eine rein männliche Kameradschaft, und sie hält immer noch, selbst heutzutage.

Als vielseitiger, begabter, aufgeschlossener Mensch konnte mir der Nachwuchspriester sogar den griechischen Sirtaki beibringen, obwohl ich, tänzerisch gesehen, manchmal eine lahme Ente bin. Noch dazu hatte der Theologiemann fürchterlich harte Schienbeine, und ich schlug mit meinen nicht so stark trainierten Haxen oft auf die verkehrte Seite aus. Da war die Folge mehr als ein unangenehmer, schmerzhafter Zusammenprall. Das alte Griechenland, wenn auch nicht nur mit seiner Folklore und mit seinen Tänzen, war nämlich auch zu einer seiner Schwächen geworden. Schuld daran musste der umtriebige Apostel Paulus gewesen sein, der schon des Öfteren in Korinth seine fruchtbare, unermüdliche Missionstätigkeit durchgeführt hatte. Sogar mehrere Korintherbriefe entsprangen der schriftstellerischen Tätigkeit dieses frühen Kirchenmannes. Es kann aber auch durchaus möglich erscheinen, dass bereits jener damalige Apostel während seiner Pilgeraufenthalte zum Zeitvertreib dem griechischen Sirtakitanz frönte.

Das historische Museum von Damaskus und sein Schatz an alten Aufzeichnungen auf gegerbter Eselshaut waren besonders ergiebig für das theologisch gestellte Thema des geistlichen Freundes. Gerne und zeitraubend schnüffelte er durch die alten Regale, wirbelte den Staub vieler Jahrhunderte auf und konnte so manche Beweise und Erkenntnisse mit nach Hause nehmen.

Am ergiebigsten und wichtigsten für die Hervorstammung des heiligen Ziehvaters Josef und seines Clans – man glaubt es kaum – stellte sich der Apostel Barnabas heraus. Dieser ist zwar im Westen weniger geläufig, teils sogar unbekannt, war aber trotzdem ein treuer, früherer Gefährte des Herrn. Das geht einwandfrei aus den Apokryphen hervor. Auch wenn er, vielleicht sogar durch Geschichtsklitterung, angeblich nicht zum inneren Zirkel von Jesus und den zwölf überlieferten Aposteln gezählt haben soll. Allerdings könnte man schon stutzig werden, denn sein richtiger Name war ebenfalls Josef. Wie aus mehreren Quellen sicher überliefert, soll dieser Name damals sehr traditionsgebunden gewesen sein, schon die Vorväter der Väter wurden äußerst häufig gleichlautend so genannt. Das geschah vielleicht aus Mangel an einer umfangreicheren Namensauswahl in dieser Gegend. Jedenfalls war der Apostel Josef Barnabas später bei den Heiden tapfer missionarisch tätig, als er versehentlich gesteinigt wurde. Doch als tätiger

Levite, also Tempeldiener, pflegte er rechtzeitig vorher noch oft Kontakt mit Jesus persönlich. Wie geschrieben steht, war dieser ihm zu jener Zeit gleichaltrig, und sie sollen sogar als Kleinkinder nach Art der Väter ziemlich gleichzeitig beschnitten worden sein.

Die bezeugte Tempelreinigung hätte Jesus schwerlich ganz allein geschafft, waren doch die Geldeintreiber und Wechsler nicht nur geübte Schacherer und Betrüger, sondern teilweise auch im örtlichen Sportclub von Jerusalem als erfolgreiche Ringer tätig. Aber Josef Barnabas war bereits in der frühen Jugend von stattlicher Statur und ein zäher Kämpfer für die gute Sache vor dem Herrn. Die beiden warfen die Geldwechseltische mir nix, dir nix einfach um und vertrieben die Bande der Geldeintreiber und Wechsler locker aus dem Hause Jesu.

Barnabas wurde daraufhin nicht nur zum Apostel gekürt, sondern es entstanden sogar vertrauliche Bande. Lange vor dem letzten Abendmahl – da war der gute Barnabas bereits gesteinigt – und bei einem kleineren Gelage legte jeder der zwei seinen Stammbaum offen auf den Tisch des Hauses. Es ging um eine Wette. Wer konnte seine echten oder auch nicht ganz echten Ahnen weiter zurückverfolgen? Das war nicht ganz einfach. Denn überall und unerbittlich tauchte der Name »Josef« aus den Annalen auf. *Josef der Kameltreiber, Josef der Dachdecker, Josef von Arimathäa, Josef der Weinpantscher.* Es wurde äußerst schwierig, wenigstens den Vater von *Josef dem Baumfäller und Zimmermann* – später der heilige Josef – zu finden. Da half ein glücklicher Zufall weiter.

Josef der Kameltreiber war ebenfalls nicht nur Levite und Tempeldiener, sondern auch in Nazareth als Baumfäller und Zimmermann tätig gewesen. Weil aber zu dieser Zeit lediglich ein einziger Josef als Zimmermann im Melderegister aufgeführt war, musste es der Vater vom jüngeren Josef Zimmermann sein. Also war der Vater vom heiligen Josef nach längeren, mühsamen Recherchen endlich auch als Nachfahre vom Apostel Josef Barnabas aufgefunden. Diese biblisch-orientalische Verwandtschaft der beiden wurde natürlich gebührend gefeiert und war bis dato völlig unbekannt.

Endlich konnte der junge Nachwuchspriester befreit aufatmend mitteilen: »Nachforschungen erfolgreich beendet, theologische Doktorarbeit endlich eingereicht!«

Er, der angehende Gottesmann und Freund, wusste nämlich auch genau um die wichtige Voraussetzung: Der schlaue, gescheite Mensch lebt, inspiriert, hauptsächlich von seiner Neugierde. Und so kam es zu seiner erfolgreichen, theologisch-katholischen Doktorarbeit. Da feiert man Weihnachten schon weitaus beruhigter, wenn man weiß, wo der heilige Josef eigentlich herkommt.

Vorsorgliche Flucht

Nicht jedermann sieht der hohen Zeit, wenn Nikolaus und Christkind schon vorsorglich herumgeistern, in Ruhe und Gelassenheit entgegen. Immer wieder erschrickt man, weil irgendwo Weihnachtsmänner die Hausfassaden hochklettern und hunderttausendfach in Vollmilchschokolade geklont worden sind. Wie jeder kundige Eingeweihte aus dem Religionsunterricht noch weiß, handelt es sich in der Bibel lediglich um sieben Plagen für die Menschheit in der Endzeit. So sagte es wohlwissend Johannes in der geheimnisvollen Offenbarung voraus. Kehrt die achte neuerdings im abendländischen Advent ein?

So mancher bucht noch schnell einen entspannungsvollen Aufenthalt, möglichst weit weg von den umtriebigen Tagen. Ein gut befreundetes, jüngeres Ehepaar – beide sogar Glühweintrinker und Gebratene-Maroni-Verzehrer – meint unisono: »Die letzten Zuckungen des eilig schwindenden Jahres haben es in sich. Uns reicht es endlich. Oft genug hat uns der jährlich überlieferte Zirkus zugesetzt. Alle Geschäftemacher überbieten sich gegenseitig. Sie wollen ihren Tand noch schnell losschlagen, bevor die große Flaute im Januar eintrifft. Und nicht nur auf dem Weihnachtsmarkt waren wir immer wieder stark promillegefährdet. Um ein Haar hätte der Wastl im vorigen Advent sogar seinen Führerschein eingebüßt, wenn der freundliche Polizist nicht selbst stark beschwipst gewesen wäre. Und die Christmette können wir auch einsam unter südlichem Sternenhimmel in der Wüste feiern, ohne das große Brimborium und den Mummenschanz, obwohl wir den örtlichen Kirchenchor sehr schätzen, wo doch sogar liebe Verwandte, Oma und Schwiegermutter seit Jahren mitsingen. Auch der Wastl war ja bis zum Stimmbruch als eifriger Knabe eine tragende Säule des Laienchores.«

Wie man aus eigener Erfahrung und unmissverständlichen Hinweisen grübelt und vermutet, gleichen sich die heimlichen Gedankengänge vieler äußerlich fröhlicher Leute aufs Haar in dieser fluchtbereiten Richtung. Aber je umfangreicher und traditionsgebundener so ein Familienverband verwurzelt ist, desto schwieriger wird der Gang zum rettenden Reisebüro.

Lediglich das junge, unabhängige Ehepaar oder der abenteuerlustige Single hat es einfach. Diese oft rigorosen, schlauen und ungebundenen Bürger weichen dann geschickt aus, wenn die seligen Ohrwürmer immer nachhaltiger erklingen und die bunten Lichterketten sowie tausendfältige Halogenstrahler den beschaulichen Dämmerstunden anschwellend zusetzen. Im Reisebüro herrscht Hochkonjunktur, in den Flughäfen drängen sich blasse, ängstliche Bürger auf der Flucht vor dem schier unausweichlichen

Zeremoniell, und so mancher murmelt leise vor sich hin: »Nix wie weg, bevor das Nervengeflecht vollständig im Eimer ist. Das Traditionsgetümmel sollen andere, besser gewappnete und im Frohsinn stärker geübte Bürger aufrechterhalten. Wir flüchten rechtzeitig.«

Der Wastl und seine Frau Malwine-Florence haben sich kaum mehr verabschiedet. Vor allem er drängte umgehend hinweg, bevor das Getümmel wieder den Höhepunkt erreichen sollte. Hals über Kopf erstreckte sich ihre Flucht bis zum Atlas hinunter, sogar darüber hinweg und in die Wüste von Marokko. Afrika, dachten sie frohgemut. Da sind wir gerettet vor dem betulichen Getriebe und der nagenden Kälte.

Schon am ersten Weihnachtsfeiertag ist das Abendland mit seinem weihnachtlichen Dekor und Geflitter vergessen. Der Anflug und die sanfte Landung gestalten sich perfekt. Trotz der permanenten Überbeanspruchung des Luftraumes gibt es weder einen Zusammenstoß noch einen Absturz. Die Schwimmwesten lauern umsonst in ihren Verstecken. Überhaupt: Anfangs läuft das meiste wie am Schnürchen. Der frisch polierte Leihwagen mit aufgepumpten Reifen steht bereit, eine bunte Landkarte soll in das große Abenteuer hineinführen, weit abseits von Lametta und Geschenkenotstand. Für zehn Tage kann endlich die laute, fröhliche Zeit, die zu Hause regiert, überbrückt werden.

Von der dazugehörigen motorisierten Touristengruppe mit Führung ist weit und breit nix zu sehen. Eine deutsche, schwäbischsprachige, ganz kompetente

Dame von TUI, TAP, Ryan Air oder woher auch immer sie kommen mag, empfiehlt: »Fahred Se scho' amal nach da Kart' los. Se werde sische' bald ei'g'holt.«

Zögernd und auf eigene Faust geht es los in Richtung entlegene Oase, mit Palmenwedel im Wind und Bauchtanzdarbietungen. Doch das Klima hier könnte auch wärmer sein. Immerhin sind es wenigstens so um die zehn bis zwölf Grad plus.

Leider kommt man nur etwa zehn Kilometer vorwärts, dann stockt das Unternehmen nachhaltig. Eine Kontrollstation bietet zunächst militärisch und martialisch Einhalt auf der großen Fahrt. Was die Reisenden nicht bedacht hatten: Es ist ja nicht weit nach Libyen hinüber, und dort herrscht das Chaos in seiner ausufernden Urgewalt. Doch es geht schon nach zwei Stunden weiter. Bald muss die bunte Landkarte zurate gezogen werden, weil in so einer Wüste eine starke Eintönigkeit und Flachheit vorherrscht. Die Karte ist aber recht einfach gestrickt und gleicht eher Anweisungen für eine Kinderschnitzeljagd. Die Sandpiste scheint auch nicht so ohne Weiteres zielführend, wenn Abzweigungen, Sperrungen und Verwehungen die Oberhand ergriffen haben. In den Vorgaben zur Richtung heißt es dann: »Bei der großen Öltonne links abbiegen, dann immer weiter geradeaus fahren.«

Unverhofft ist die nächste Militärsperre erreicht. Auf Französisch – Malwine-Florence hat nicht nur Abitur, sondern war auch schon zwei Wochen in Paris – wird ihnen verklickert, dass sie nur mit der erwarteten Reisegruppe weiter vordringen dürfen. Diese trifft auch schon nach vier Stunden ein, und ein kundiger Führer reißt souverän die Verantwortung und weitere Planungen an sich.

In ziemlich gebrochenem Denglisch verkündet er: »With the herzlich Begruß und eine Trip in Wüstewonderland wolle ich Sie als best Guide von Maroc in Adventure bringen.«

Bald wird es Nacht, rundum Wüste, aber es ist für alles vorgesorgt. Die Temperatur fällt eilig immer tiefer. Ein Feuer wird angezündet, und bunte Plastikdecken werden verteilt. Aus Kamelhaar wären sie wärmer gewesen. Doch was nützt das schon, wenn der stattlich hochgewachsene Guide stolz verkünden lässt: »Diese Nacht bekommen wir wieder mindesten zehn Grad unter null!« Wärmflaschen werden eilig verteilt. Immer wenn's ans Einschlafen geht, weckt ein kräftiges Zittern und Zähneklappern alle Touristen wieder auf. Vor allem die lieben Asiaten sind anscheinend überhaupt nicht abgehärtet.

Und schon geht es weiter, kaum dass es tagt. In den grauen Gesichtern will keine so rechte Freude und Urlaubsstimmung aufkommen. Am nächsten Treffpunkt, einer besser ausgebauten Militärstation mit Panzersperren, wartet schon am Eingang ein strahlender Christbaum, extra für die Touristen geschmackvoll dekoriert. Mit weihnachtlichen Klängen als Gruß aus der Heimat des Christkinds wollen ein Trommler und ein Trompetenbläser, nicht ganz tonrein, die unterkühlte Bande aufheitern. Das gelingt zwar nur bedingt, aber dafür äußerst lautstark.

Endlich geht es weiter in Richtung Oase. Durchgerüttelt und mit leichten Erfrierungen erwartet ein großartiger Empfang die Reisenden. Die ganze Gruppe einschließlich Chinesen, Japanern, Malwine-Florence und Wastl kann sich endlich wieder einmal in einem drittklassigen Hotel aufwärmen nach der eisigen Wüstennacht und dem mäßig aufgeheizten Tag. Die Sonne hatte sich fern hinter einem Sandsturm versteckt. Der Wastl wartet vergeblich auf einen oder zwei alkoholisch angereicherte Aperitifs.

Am Abend geht dann ein großartiges Event los. Im wunderschön-weihnachtlich verbrämten Speisesaal mit künstlichen Christbäumen und gleißenden Lichterketten sowie einem Menü mit Kamelbraten, Kuskus, echtem Speiseeis und alkoholfreien Getränken nimmt ein lauschiger Abend Fahrt auf.

Der Wastl ist leider wenig anpassungsfähig und meutert lautstark: »Kellner! Du nix haben Weihnachtsbock oder wenigstens Glühwein, ha?«

Der Ober will da nix kapieren. Er lächelt einnehmend und verzieht sich eilig. Und Malwine-Florence schämt sich gewaltig ob ihres aufmüpfigen Ehemannes. Beschwichtigend flötet sie: »Du bist hier nicht daheim am Stammtisch. Wir müssen uns anpassen. Der Allah und sein Prophet haben den Alkohol streng verboten. Das haben uns doch zu Hause die im Reisebüro schon erklärt.«

Der Wastl brummt hinterhältig, aber weit hörbar: »Diese mohammedanischen Burschen, der Allah und sein schwachsinniger Prophet, haben wahrscheinlich im Dorfdeppenwettbewerb den ersten Preis errungen!«

Da wird seine liebe Frau aber böse: »Das ist eine weltweite Religion wie jede andere auch. Du wolltest doch unbedingt weit weg von unseren Gebräuchen. Jetzt hast du einen, der dir überhaupt nicht schadet.«

Am nächsten Tag, das heißt, eigentlich ist es noch Nacht, geht ein gewaltiges Geplärr los. Von den zahlreichen Minaretten rufen die einheimischen Muezzins die Gläubigen eindringlich zum Gebet. Das Ganze versetzt: Wenn einer aufhört, fällt der nächste mindestens genau so kräftig ein. Aber schon nach zwanzig Minuten erfolgt plötzlich eine atemlose Stille, die dermaßen leise scheint, dass es fast beunruhigt. An Schlaf ist freilich nach der Aufregung auch nicht mehr zu denken. So wird es Frühstückszeit, so naht das Mittagessen.

Malwine-Florence erklärt vorsorglich: »Dass du mir aber ja nicht wieder Theater machst! Gegessen wird, was auf den Tisch kommt! Wir sind nicht in einem First-class-Hotel. Und Schweinshaxe ist im Morgenlande nicht üblich!«

Doch für den Nachmittag ist ein besonders interessantes, abwechslungsreiches Event vorgesehen. Alle, bis auf mehrere Leute, die von einer Art Ruhr ereilt worden sind, dürfen auf echten Kamelen, genauer gesagt Dromedaren, hinaus in die unbegrenzte, biomäßig erhaltene Wüste reiten.

Das gestaltet sich jedoch mühsamer, als sich das so ein abenteuerhungriger Tourist vorgestellt hatte. Vor allem die Treiber, eigentlich Kamelzieher, zerren die Viecher auf jeden Sandhaufen hinauf und drüben wieder hinunter. Von den Sandalen aus alten Autoreifen fliegt der Sand. Der Wastl rutscht immer wieder über den Höcker nach hinten und bietet ein Bild des Jammers, wie er da so festgekrallt und krumm auf seinem bockigen Tier hängt. Noch dazu beißt das störrische Vieh immer wieder dem Vordertier in das Rückgebäude. Sofort und als Racheantwort haut das gepeinigte Kamel kräftig nach hinten aus, und der Wastl rutscht jedes Mal noch weiter hinunter. Irgendwann kann er sich nicht mehr halten. Es haut ihn hinab in den Wüstensand, und der zuständige Dromedarflüsterer hat große Schwierigkeiten, den fluchenden Oberbayern wieder auf den Rücken des bockigen Viehs zu bugsieren. Im Kontrast zum Nachtfrost strahlt dann die glühende Sonne tagsüber doch ganz schön kräftig herab.

Völlig zerstört, seekrank vom Geschaukel und mit dem letzten Sonnenbrand des Jahres versehen, erwartet eine kurze Nacht die Reisefreunde. Es heißt: früh aufstehen. Mit Faulenzen geht da gar nix.

Denn nun naht ein Höhepunkt der romantischen Reise. Nach Kamelwüstentrip und häufigen Militärkontrollen in der Traumwelt von »Tausendundeiner Nacht« erfolgt bald eine neue Überraschung, wobei ja die bisherigen Erlebnisse schon recht aufschlussreich und eindrucksvoll dahergekommen sind.

Dann ist es endlich so weit. Das sagenhafte Marrakesch ist nach Autopannen und Militärkontrollen erreicht. Im Pulk dringen die erwartungsfreudigen Touris in die Altstadt vor. Es ist das Ziel aller Marokkobesucher: der Hauptplatz Djemaa el-Fna. Der hier ansässige, neue Guide und kundige Führer holt weit aus. Er weiß es noch genau, was damals, vor gar nicht allzu langer Zeit, hier alles geboten war. Da wurde nicht lange gefackelt, die Köpfe aufmüpfiger Untertanen sind hier reihenweise ausgestellt worden.

Malwine Florence wirft dem Wastl triumphierende, böse Blicke zu.

Nicht minder genüsslich verkündet der gut ausgebildete Leiter, ein zum Islam konvertierter Niederbayer: »Wenn sich ein Christ hierher verlaufen hat und entdeckt wurde, befand sich auch sein Kopf bald solo aufgespießt auf einer Stange!«

Er ist Koranschulabsolvent auf dem dritten Bildungsweg. Seine spannenden und abwechslungsreichen Ausführungen gehen aber schnell unter. Im bunten, vielfältig-lauten Treiben wird es gefährlich. Jede einzelne Person ist umringt von Leuten, die alle etwas verdienen wollen. Der Wastl hat plötzlich eine Schlange um den Hals und soll dafür zahlen, die Malwine Florence merkt zu spät, dass ihre Hände mit Henna bemalt werden, ein netter Asiate aus China jammert lautstark, dass sein Portemonnaie abhandengekommen ist. Wahrscheinlich zum ersten Mal in seinem Leben ist ihm das Lächeln vergangen. Sehr beeindruckend zeigt sich auch eine weitere Attraktion: Zwei zerlumpte Gläubige mit betendem Anhang nähern sich krawallartig im Gedränge. Einer deklamiert lautstark verschiedene Suren aus seinem Koranschmöker, der andere schiebt ein eigenartiges Gefährt auf dreieinhalb Rädern vor sich hin. Darauf thront ein Schwerbeschädigter, der auch voll lautstark auf sich und seinen kaputten Haxen aufmerksam macht. Ob fingiert oder nicht, jedenfalls ragt ein Knochen vorwitzig aus seinem unteren Bein heraus. Auch er braucht natürlich ziemlich viel Bakschisch, wo er sich doch nicht einmal einen Verband leisten kann.

Hals über Kopf flüchten die Touristen schnell zum weniger bedrängten Sammelpunkt abseits vom orientalischen Treiben. Noch erwartet sie aber ein gewaltiger Höhepunkt des Trips in die arabische, märchenhafte Welt. Weihnachten ist zwar vorüber, aber es naht schon wieder eine Hauptattraktion der erholsamen Reise, nämlich der Silvesterabend. Alles speist und murmelt gedämpft im geräumigen, festlich-weihnachtlich ausgestatteten Saal eines mittelmäßigen Hotels. Freilich gäbe es hier in diesem armen Land eines der zehn bestausgezeichneten und teuersten Hotels der ganzen Welt.

»Das soll ja öfter vorkommen«, meint der Wastl bissig. »Je ärmer die Unterschicht, desto reicher und üppiger die Oberschicht.«

Nach fremdländischem Menü und echtem Speiseeis werden alle möglichen seltenen Säfte und kühlen Erfrischungsgetränke serviert. Von Maracuja, Orange, Passionsfrucht über Limette bis zu unbekannten Gewächsen wurden viele gesunde Früchte des Orients ausgepresst. Der Wastl rebelliert ein letztes Mal, bevor hoffentlich recht bald in der Heimat wieder Normalität einkehren kann, und fügt sich traurig in einen weiteren alkoholfreien Abend.

Noch dazu foppt ihn ein hinterhältiger, grinsender Kellner heimlichtuerisch: »Kann ich bring eine Berberwhisky?«

Das entsagungsvolle Gesicht hellt sich umgehend erwartungsvoll auf. Und schon erscheint der vorwitzige Mann wieder – mit einer Tasse Pfefferminztee. Bevor jedoch der arme Oberbayer ausfällig werden kann, wird er stark eingebremst.

Malwine-Florence meint triumphierend: »Endlich bist du einmal ein paar Tage auf Entzug. Das ist schon längst fällig! Spurenelemente! Diese Fruchtsäfte sind besonders gesund und voller Vitamine. Da bekommt man eine ganz glatte, schöne Haut davon. Und dein Blutdruck reguliert sich bestimmt hervorragend. Du brauchst ja nicht gleich Antialkoholiker werden, aber als mäßiger Trinker könntest du daheim auch besser leben. Das Morgenland hat schon seine gesunden Vorzüge für dich.«

Dann werden Silvesterpräsentpackerl verteilt. Erfreut und neugierig geht es ans Auspacken, und siehe da: Eine fröhliche Überraschung greift um sich. Folgende passende Gegenstände kommen nach und nach an das strahlende Licht des Abends: Eine rote Pappnase, ein Turban aus billigem Plastikstoff, eine Luftschlange, ein Sternwerfer. Für den feierlichen Ausklang des ablaufenden Jahres ist also hervorragend gesorgt.

Und weil es auf seiner Uhr erst kurz nach acht post meridiem ist, meint der Wastl betrübt zu seiner Angetrauten: »Lass uns doch wenigstens noch für ein paar Stunden verschwinden, vielleicht treibe ich an der Bar eine Halbe Bier auf. Das zieht sich ja, wie du siehst, alles gewaltig hin. Wenn wir kurz vor zwölf wieder erscheinen, reicht das vollkommen.«

Gesagt, getan. Doch als sie wieder auftauchen, haben sie die Zeitverschiebung nicht einkalkuliert, denn ihre Armbanduhren sind noch nicht umgestellt worden. Alles gebärdet sich schon dezent fröhlich, pappbenast, turbangekrönt. Und dann die tollste Überraschung: Der Trommler und der Trompeter vom

Wüstencamp haben sich urplötzlich wieder eingefunden. Und man glaubt es kaum, wie viel Radau lediglich zwei Leute zustande bringen können!

Inständig, fast gebetsartig, vertreibt der Wastl die vielen Minuten. Die letzte Stunde des alten Jahres zieht sich sehr in die Länge. Er unterdrückt aber tapfer das Heimweh und denkt ziemlich laut: »Da ist ja unsere verrückte, staade Zeit daheim direkt erholsam!« Leider versteht er sein eigenes Wort nicht mehr. Ungefähr um Punkt zwölf der ausländischen Zeit erschüttert nämlich nicht nur ein irrer Trommelwirbel mit eigenartigem Rhythmus das malträtierte Trommelfell. Der Trompeter übertrifft offensichtlich alle bisher dagewesenen Bläser der ganzen Welt, was die Lautstärke anbelangt. Zeitweise sieht es tatsächlich so aus, als ob sein Kopf jeden Moment platzen würde.

Später und endlich wieder zu Hause, lauscht aber die gesamte Verwandtschaft – und auch die Stammtischbrüder horchen ehrfürchtig – den Schilderungen der ausufernden Erlebnisse und Erfahrungen. Freilich wird da die ungeschminkte Wahrheit etwas verbogen und vertuscht. Und der Schnappschuss, wo der Wastl von seinem verblödeten Kamel herunterplumpst, wurde »versehentlich« gelöscht.

Auf die neugierigen Fragen: »Geht es nächstes Weihnachten wieder hinunter ins Morgenland? Habt ihr Arabisch an der Volkshochschule gebucht?«, ist die Antwort doch sehr ausweichend.

Der Wastl meint zweideutig: »Weihnachten und Silvester müssen als Höhepunkte des Jahres schon frühzeitig und vernünftig geplant werden, sonst musst du daheimbleiben, wenn die Flieger alle voll sind.

Interessanterweise ist man im Morgenland umringt von fremdartigem Treiben sowie auch religiös unverhofften Traditionen. Da gibt es viel zu lernen. Kultur ist eben Kultur. Auch die auswärtige. Das Morgenland ist eine Reise wert.« Wobei er das Wörtchen »eine« viel stärker betonen müsste.

Pannennadeln

Die Kulturgeschichte der Nadel als Helfer und Flickwerkzeug der Menschheit geht nicht nur bis ins Neandertal, sondern vielleicht sogar noch weiter zurück. Vor allem die Erfindung des dazugehörigen Nadelöhrs hat in der Bekleidungsbranche, aber hier vor allem in Reparaturhinsicht, einen besonderen Status erlangt. In noch weiter reichender Bedeutung müssten eigentlich auch sämtliche natürlichen Nadeln als einschlägiger Begriff, insbesondere für Christbäume, aufgeführt werden. Hier hat die Kulturgeschichte allerdings erst recht spät eingesetzt. Speziell um die Weihnachtszeit abgeworfene Nadeln, wie zum Beispiel bei einer Lärche, scheiden dabei von vornherein aus.

Die erste größtmögliche Panne in Bezug auf eine Nadel wird ja bereits im Buch der Bücher prophezeit, in dem Sinne: »Eher geht ein Kamel durch ein Nadelöhr, als ein materialistisch Reicher in das lediglich geistlich reiche Reich Gottes ein.« In weiser Voraussicht haben gleich drei Apostel übereinstimmend erklärt, was für ein Kamel nicht ganz leicht, aber für einen weltlich begüterten Reichen unmöglich sein soll. Trotz aller Schwierigkeiten scheint es aber an der Bonifatiuskirche in Dortmund einem solchen Tier – gemeint ist nicht der Reiche – gelungen zu sein, wenigstens mit dem Kopf durch besagtes Nadelöhr zu schlüpfen.

Der fünfjährige Fridolin marschiert täglich auf seinem kurzen Weg zum Kindergarten an dem steingewordenen Gleichnis im Torbogen der Kirche vorbei. Er hat dieses Phänomen nicht nur festgestellt, sondern macht sich auch seine Gedanken darüber, und seine Fantasie lebt auf. Und weil es sich ergibt, dass daheim gerade der Christbaum und die Krippe mit dem Jesuskind im weihnachtlich geschmückten Wohnzimmer aufgerichtet werden, haben die gläubigen Eltern jetzt eine schöne Gelegenheit, den jungen Mann in die mehrere Tausend Jahre zurückliegende Welt von Jesus und seine Tätigkeit als Gleichnisverkünder und Wundertäter einzuführen. Den wissbegierigen Buben interessiert aber vor allem das Unmögliche an dieser Sache mit der Nadel und dem Öhr. Die Begriffe reich sowohl als auch arm sind ihm bisher nicht so stark geläufig. Aber ein Kamel und auch ein Dromedar schon, denn diese beiden hat er neulich im Wanderzirkus erlebt.

Nachdenklich überhört er die fundierten Ausführungen seiner Eltern, die in der religiösen Geschichte beinahe echte Koryphäen sind. Seine Feststellung ist zwar logisch, aber doch überraschend für die bibel- und katechismusbeschlagenen Erzeuger, die momentan in höheren Regionen predigen. Der aufgeweckte Knabe überlegt: »Ein Nadelöhr für ein

Kamel ist einfach zu klein. Vor allem für das mit den zwei Buckeln. Vielleicht das andere mit nur einem, wenn das Nadelöhr groß genug ist.« Und dann eine Fangfrage: »Sind wir reich?«

Bescheiden sowie salbungsvoll spricht der Vater Kai-Uwe: »Ja, mein Sohn. Gott hat uns Frieden und einen gewissen Wohlstand verliehen.«

Der logisch denkende Fridolin: »Warum verleiht uns der liebe Gott den Frieden nur? Den könnte er uns doch auch schenken, oder? Und den Wohlstand auch.«

Die Mutter Anke-Sophie meint beruhigend: »Lieber Fridolin, vielleicht müssen wir noch etwas warten, bis du verstehst, was Jesus und seine Apostel uns verkündet und an Wundern überliefert haben.«

Der junge Mann sinniert aber weiter: »Wenn wir reich sind, warum dürfen wir dann nicht durch ein Nadelöhr schlüpfen? Vielleicht weil das eigentlich gar nicht geht, oder nur durch ein ganz großes, gell. Aber Gott könnte das doch bewundern und erlauben, oder?«

Die größere Schwester hält sich aus der ganzen Diskussion heraus, meint sie doch naseweis, dass solche Probleme alle miteinander nicht wirklich das wahre Leben beträfen.

Das Nadelproblem geht aber weiter. Es verselbstständigt sich sogar etwas, wenn auch ohne Öhr. Weil die sparsamen Eltern den Weihnachtsbaum erst ganz kurz vor dem Heiligen Abend, schnell noch am Vormittag und beinahe umsonst, erstanden hatten, übergab ihnen der hinterhältige Händler absichtlich ein schon etwas älteres Exemplar. Dieses war, wie er wohl wusste, bereits Ende November von seinen Wurzeln getrennt worden.

Dadurch fällt es der sonst regelmäßig gewachsenen Tanne schwer, ihre Nadeln noch länger für sich zu behalten. Leise rieselt deshalb nicht nur draußen vor den Fenstern der Schnee. Bei jeder Bewegung und Behängung der Äste des armen Baumes mit schönem Tand raschelt es verdächtig. Nach trotzdem sehr wohl und glänzend gelungenem Werk – der gesamte Baum strahlt in seinem Schmuck und den erwartungsvollen Kerzen – darf der Heilige Abend getrost eintreffen. Und das, auch wenn der Nadelbehang immer spärlicher wird. Es dämmert ja bereits schon, die Weihnachtspräsente sind geschnürt und die traulichen Lieder längst in jahrelanger, traditioneller Übung bestens einstudiert. Ton für Ton wartet nur noch auf das feierliche Erklingen. Dennoch entsteht ein Problem. Leider sammeln sich heimlich immer mehr Tannennadeln am Boden. Die Eltern übersehen das zunächst geflissentlich, ahnen sie doch den niederträchtigen Hintergrund dieser Tragödie.

Und so kommt und geht der Heilige Abend viel zu schnell dahin. In gewohnter Feierlichkeit und Dankbarkeit für die angenehmen Lebensumstände, die brauchbaren, herzlichen Geschenke und die Gnade der Wiederkunft des Herrn hat er, der Heilige Abend himself, sich wieder einmal verabschiedet. Im traulichen Familienkreise, wie alle Jahre wieder, ist er glücklich und nostalgieverbrämt vorübergezogen. Die restlichen, auch recht erbaulichen zwei Hauptfeiertage nahen. Und damit ebenfalls ein weiteres, unverhofftes Nadelproblem.

Dieses ist besonders ungewöhnlich und resultiert letzten Endes daraus, dass die kalte Witterung erst kürzlich eingesetzt hatte. Und so konnte der kleine Fridolin noch ausgiebig im spätherbstlichen Garten mit seiner älteren Schwester nicht nur herumtoben, sondern auch seine ersten empathischen Erfahrungen mit anderen Lebewesen, wie zum Beispiel einem jungen Igel machen. Der hatte sich, wohl in Erwartung unwirtlicherer Tage mit Frost, unter einem Laubhaufen verkrochen. Leider war das Tierchen noch zu wenig wohlgenährt und zu klein, um einen längeren Winter schadlos zu überdauern.

Das wusste die Schwester aus dem Biologieunterricht von der Schule her. Ein aufgeschlossener Lehrer und Tierliebhaber hatte die Kinder über solche Vorfälle aufgeklärt: »Wenn ihr einen mageren, jungen Stachelburschen im Garten findet, müsst ihr ihn entweder in einer dafür geschaffenen Igelstation abgeben oder bis zum Eintreffen wärmerer Tage selbst füttern.«

Die tierlieben Geschwister beschlossen, den Findling heimlich in ihrem Kinderzimmer unter dem Bett aufzupäppeln, bis er groß und stark geworden wäre. Sie befürchteten, die Eltern würden versuchen, den neuen Freund schnell wieder loszuwerden. Heimlich wurde er in einer wohlgepolsterten Kiste gefüttert und sogar sachgemäß gepflegt. Der kleine, putzige Kerl gedieh prächtig und nahm diese Nächstenliebe dankbar an.

Doch weil ja Weihnachten das Fest der Freude und des Miteinanders sein soll, beschlossen die Geschwister, Mama und Papa nicht nur zu überraschen, sondern auch die Absolution für ihr eigenes unbotmäßiges Verhalten und tatkräftige Mithilfe zu erreichen. Ihre salbungsvoll und sehr menschlich predigenden Erzeuger schienen ja ein fleischgewordenes, wahres Gleichnis für Liebe und Herzlichkeit zu sein. In einem unbeobachteten Augenblick versteckten sie die Kiste samt Einwohner in derselben unter dem Christbaum zwischen dem Kripperl und den reichlich angehäuften Tannennadeln. Sie wollten dann bei Gelegenheit und alsbald das Geheimnis lüften. Es sollte ein besonderes Geschenk werden. Weil jedoch in der Eile das Ding umgekippt war, schlich sich das scheue Tier in ungewohnter Umgebung vorsichtshalber unter die hinteren Äste.

Nun wollte aber die auf Ordnung und Reinlichkeit erpichte Mutter Anke-Sophie endlich das überhand nehmende Nadelproblem beseitigen. Ausgerechnet, während die Familie einschließlich Besuch von Tante Alma und Onkel Emil bei Gugelhupf und Kaffee gemütlich beisammensaß. Leider griff sie in ihrem Reinlichkeitswahn auch ganz weit unter die hinteren Christbaumäste. Sie konnte nicht ahnen, dass dort so ein stachelbewehrtes Untier auf der Lauer lag. In panischer Überraschung schrie sie plötzlich und lautstark auf. Denn Igelstacheln, auch schon von kleineren Tieren, sind recht widerborstig und können schmerzhafte Unannehmlichkeiten bereiten.

Nun kam aber das streng gehütete Geheimnis der Igelverbergung schneller als erhofft an das Licht des beschaulichen Nachmittages. Mutter und Vater zeigten sich zunächst wenig erfreut über den neuen Mitbewohner. Sie waren zwar schon öfter im Zoo gewesen, aber Tiere in der Wohnung flößten ihnen doch etwas Furcht ein. Auch die Tante Alma offenbarte ihre Allergie durch Lebewesen aller Art heftig. Aber nicht nur, weil sie einmal von einer übermütigen Katze, welche die Tante Adelheid nicht leiden konnte, aus Versehen gebissen worden war. Auch weil sie seit den jüngeren Jahren als sogenannte Störnäherin ihr Berufsleben hinter sich gelassen hatte, zeigte sich eine Abneigung gegen Nadeln besonders stark. Jaja, so ein Nadelkissen ist eben nicht gleich ein sanftes Ruhekissen, denn der Verdienst war auch nicht umwerfend. Noch dazu – man glaubt es nicht, und trotzdem entspricht es der vollen Wahrheit – war eine kleinere Nähnadel damals unverhofft schmerzhaft schnell bei einer dummen Bewegung in die rechte Hand eingedrungen, verschwunden. Und wie es durch unsere eifrig pulsierenden Blutbahnen ganz selten passieren kann, trat diese an anderer Stelle drei Monate später wieder aus. Zufällig und überraschend ausgerechnet am Rückgebäude auf der rechten Backe, ebenfalls recht schmerzhaft. Das mag eigenartig seltsam klingen, war aber so. Durch die Erinnerung an solche Ereignisse strebte die Stimmung am Kaffeetisch kontinuierlich einem Tiefpunkt zu.

Doch da ergriff der beherzte und entsprechend mitfühlende Onkel Emil das entscheidende Wort, bevor weiteres Ungemach drohen konnte: »Solche Kinder sind doch ein wahrer Segen. Sie haben nicht nur das Herz am rechten Fleck, sondern sie sind einfach wunderbar! Da möchte man gleich selbst so ein Igel sein!« Er war zwar vor seiner Frühpensionierung nur ein unscheinbarer Beamter und für die Tante

Alma der Untertan, aber in letzterer Zeit hatte er sich als heimlicher Tierflüsterer hervorgetan. Ob Regenwurm auf Asphalt oder Jungvogel ohne Flugerfahrung, immer rettete er sämtliche notleidenden Kreaturen vor dem sicheren Untergang.

Die Stimmung kippte allmählich ins Positive und Herzliche aufgrund dieser unverhofften Igelerscheinung. Auf einmal – es verbreitete sich ein wohligwarmes Gefühl unter den lieben Leuten – war das gegenwärtige Weihnachten etwas abgewichen, vielleicht sogar angenehm sonderbarer als alle früheren dieser gleichförmigen Art. Es handelte sich überraschend endlich einmal nicht mehr um die gleiche Prozedur wie jedes Jahr.

Der Igel, der aus dem Unverhofften unter dem Christbaum hervorgekommen war, zeigte sich als das schönste Weihnachtsgeschenk, das vielleicht sogar von ganz oben diesen Menschen auf Erden als Wunder überreicht wurde: Der stachelige Bursche war plötzlich segensreicher Mittelpunkt der fröhlichen Leute. Seine Dankbarkeit konnte er nachdrücklich mit einigen überraschenden Grunzlauten zum Ausdruck bringen.

Nikolaus, du bist hier fehl am Platz!

Der Nikolaus ist soeben eingetroffen. Auf Anweisung und wegen problematischer Beschwerden muss der verwildert zurechtgemachte, schwarz geschminkte Krampus vor der Tür auf seinen eventuellen Einsatz warten. Immer noch wird er ja als vorzüglicher Kinderschreck für Schwererziehbare eingesetzt. Inzwischen sind aber Eltern herangewachsen, die ihre Kinder eher auf antiautoritäre Weise mehr oder weniger im Zaume halten wollen. Eine schwierige Mission für das Selbstbewusstsein und die Repräsentation der beiden christlichen Erziehungsbeauftragten steht bevor. Da wird es fraglich, ob die psychologisch-rhetorische Schulung im Pfarrzentrum ausreicht. Der Nikolausbeauftragte Katechet hat aber wieder einmal sein Bestmögliches getan. Er war sogar auf einer überregionalen Nikolausausbildung mit Praxistheater.

Aus einer Laune heraus und wegen der alten Tradition wurden die zwei von einer viel beschäftigten, berufstätigen Mutter und Haushaltsvorsteherin schon vor einiger Zeit beim Nikolausdienst angefordert. Hier hat man aus schlechten Erfahrungen gelernt und damit die Vorausbezahlung inzwischen obligat und umgehend eingeführt. Sie ist bereits erfolgt. Weil ja die bevorstehenden Festtage einiges an Zeit, Organisation und Besorgungen erfordern, hatte die gute Frau diesen heutigen fünften Dezemberabend glatt wieder vergessen. Das ist ja kein Wunder. Es zeigt sich wieder einmal deutlich, wie schnell doch die Tage enteilen. Immer wenn der Advent eingetroffen ist, wird es ja besonders kurzweilig und hektisch. Und der ebenfalls viel beschäftigte Familienvater hat überhaupt keinen blassen Schimmer vom Eintreffen der Vollzugserziehungshelfer. Niemand hat ihm was gesagt. Da ist man schon konsterniert, wenn der heilige Tross unerwartet eintrudelt.

Die ältere Schwester, das Smartphone in der Hand und im Blick, hat ihm die Wohnungstür geöffnet und schaut sogar kurz auf, um nicht gegen den Türpfosten zu laufen.

Der Nikolaus stellt die berühmte, gut eingespielte Fangfrage: »Bist du auch brav gewesen?«, und wedelt mit seiner Rute.

Die 12-jährige Salome beachtet ihn nicht weiter und schlurft schon vor ins Wohnzimmer. Der heilige Mann trabt brav hinten nach. Das andere, ziemlich dickliche Kind, sitzt da, Kopfhörer auf den Ohren. Es ist der jüngere, männliche Nachwuchs der Familie. Er hört und sieht Wichtigeres. Gleichzeitig wischt er nämlich flink mit den rundlich-putzigen Fingern über den Minibildschirm des iPhones. Angeblich begreift er bereits alles, was dieses Ding an wunderbaren Möglichkeiten anbieten kann. Das Internet ist seine erste Heimat geworden.

Der Fernseher läuft auch vor sich hin, aber der Ton ist stark reduziert, um nicht zu sehr zu stören. Und die Oma hat vergessen, das Radio abzustellen. Da ertönen wunderbare Operettenmelodien. Die Eltern blicken zunächst kaum auf den Besucher. Als Hausfrau ist sie gerade stark abgelenkt. Die Mutter muss nämlich ein Rezept für die ultimativ bayrisch-deftigste Schweinshaxe aus der Kochsendung von Meister Schuhbeck, dem Gourmet-Alfons, übernehmen. Der hat wieder einmal so viele Kräuter, Ingwerwurzeln und Gewürze als Zutaten auserkoren, dass die Hausfrau kaum mit dem Notieren nachkommt. Ein festlich gebratenes Schmankerl für die Feiertage soll es werden. Der Vater sitzt am Laptop drüben in der offenen Büroecke und unterbricht kurz seine wichtige Tätigkeit. Er ist überhaupt nicht begeistert von dem überraschenden Auftritt.

Der gute Nikolaus macht sich jetzt endlich nachdrücklich bemerkbar. Er schlägt mit der Rute an den Tisch des Hauses und ruft, vorläufig noch mittellaut: »Waren die Kinder brav? Haben sie auch immer schön gefolgt? Wenn nicht, ist der Krampus auch noch dabei. Soll ich ihn hereinlassen?«

Da wird der Vater aber ungehalten. Er soll ja noch den Organisationsplan für die Betriebsweihnachtsfeier erstellen. Hiermit ist er sowieso schon ziemlich spät dran, sein cholerischer Chef reklamiert und fordert bereits seit drei Wochen eine brauchbare Sitzordnung. Und so meint er höflich, aber nachdrücklich:

»Können Sie nicht morgen um die gleiche Zeit wieder erscheinen? Heute ist es wirklich ungünstig.« Der hohe Besuch war leider nicht mit ihm abgesprochen worden.

Da schüttelt der Nikolaus aber beinahe brutal, unbeirrbar, ja eigensinnig, den doch recht sturen Kopf: »So geht das auch wieder nicht. Morgen sind wir nämlich ebenfalls ausgebucht. Und bezahlt hat man uns ja schließlich nur für heute.«

Die Mutter hat ein schlechtes Gewissen, murmelt eine Entschuldigung. Sie müsse noch schnell in die Küche, sei aber gleich wieder da, meint sie noch undeutlich.

Da wird der Nikolaus jetzt aber wirklich auch ungehalten. Schnurstracks geht er auf den Buben der Familie zu und befiehlt, nun schon lauter: »So sag ein schönes Gebet auf, oder wenigstens ein kurzes!«

Der Bubi merkt jetzt erst allmählich, dass da was gespielt wird. Er hört zwar nix, meint aber so nebenbei: »Bist du der Nikolaus? Hast ein neues Radl für mich dabei? Das alte wird mir nämlich zu klein. Ich bin vorgestern sieben Jahre alt geworden.«

Die Mutter erscheint wieder im Wohnzimmer und flüstert dem Nikolaus ins Ohr: »Oje, das haben wir glatt vergessen. Das bekommt der Bubi dann vom Christkind. Das müssen Sie ihm sofort sagen.«

Daraufhin verkündet der heilige Mann erleichtert zum Bubi hin, der endlich seine Kopfhörer etwas abgerückt hat: »Weißt du, ich bin der Vorbote vom heiligen Christkind, und vom Himmel hoch durch den tief verschneiten Walde, da kommen wir her, der Krampus und ich. Mit dem Schlitten und dem Hirsch als Zugpferd. Das Christkind hat mir schon gesagt, dass du ein Radl bekommen sollst. Und viele liebe Grüße soll ich dir ausrichten vom Jesulein. Du musst nur noch etwas beten und warten.«

Jetzt wird der Bubi aber ungehalten: »Da kannst du gleich wieder abzischen, du Clown, wenn ich noch bis zum 24. Dezember warten soll! Die Mama hat mir fest versprochen, dass es der Nikolaus dabeihat.«

Die Mutter greift beschwichtigend ein: »Bubi, jetzt sei halt einmal nett zum guten Nikolaus. Du kannst doch sicher ein Gebet oder ein Gedicht aufsagen, oder?«

Der junge Mann wendet sich wieder seinem iPhone zu und beachtet ab sofort niemanden mehr. Nun reicht es aber dem heiligen Mann. So eine Nichtachtung hat er bisher noch kaum erlebt, beinahe zornig ruft er den Krampus herein. Da geht es jetzt aber sofort richtig los. Der unheimliche Gehilfe scheppert vorsichtig mit seiner Kette, ohne den teuren Parkettboden zu beschädigen. Er ruft wie mit einer Grabesstimme, aber viel wilder: »Du loser Geselle, du folgst anscheinend nicht besonders gut. Da bekommst du auch überhaupt kein neues Radl nicht, wenn du so weitermachst. Gleich stecken wir dich in einen Sack hinein und nehmen dich mit!«

Der Bubi schaut nur kurz auf und meint versöhnlich: »Vergiss lieber nix mehr, du Hanswurst!«

Die Oma kommt herein und lächelt nachsichtig. »Er ist sonst recht brav, aber sehr lebhaft, der Bubi. Sogar sehr. Wissen Sie, das macht die moderne Zeit! Die ganzen Geräte. Da ist er ganz verrückt danach.

Das gab es früher alles noch nicht. Wir haben früher ›Mensch ärgere dich nicht‹ gespielt oder einen Schneemann gebaut. Diese ganzen Digitalsachen und so weiter, das versteh ich sowieso nicht mehr« Dann summt sie versunken eine schöne Operettenmelodie aus dem Radio mit, die vom Zigeunerbaron und dem idealen Lebenszweck mit Borstenvieh und Schweinespeck. Sie tanzt sogar vorsichtig, soweit es ihre Osteoporose und das neue Hüftgelenk noch erlauben.

Da endlich resigniert der Nikolaus und flüstert fast weinerlich zum Krampus hinüber: »Komm, wir gehen. Mir reicht's! Bezahlt sind wir ja schon.«

Jetzt meint aber noch schnell das andere Kind, die brave Schwester, etwas. Sie hat tatsächlich seit Langem einmal ihren Minicomputer weggelegt und verkündet: »Ich kann dir ein Gedicht aufsagen, lieber Nikolaus. Sogar ein gerade selbst gemachtes und gereimtes.« Und schon legt sie los:

»Liebes Jesukindelein,
du bist so heilig, rein und sehr fein.
Komm geschwind zu uns ins Haus
und lass die guten Sachen raus.
Da freuen wir uns sehr,
und du hast es nicht mehr gar so schwer.
Dann wollen wir auch beten
und mit dem Nikolaus was reden.
Er hat es schon schwer
und der Krampus noch mehr.
Tut beide nicht gleich verzagen,
sondern schnell das Christkind fragen.«

Der Krampus ist sichtlich gerührt und sagt im Weggehen noch: »Gutes Kind, liebe Salome, du bist die Einzige, die von euch in den Himmel kommen wird. Deine Geschenke hätten wir jetzt beinahe vergessen. Schau, da ist ein Säcklein für dich.«

Dann stehen die beiden niedergeschlagen und traurig wieder auf der Straße. »Nächstes Jahr mach ich den Zirkus nicht mehr mit«, meint der wilde Krampus geknickt und schmeißt die Kette lautstark in den Kofferraum.

Der Nikolaus legt den goldenen Stab und die Mütze ab und atmet tief durch. Sie befreien das Auto vom frisch gefallenen Schnee. Deprimiert verschwinden sie im Schleichgang. Und schon hat der Nebel das ganze Theater mitsamt den Schauspielern verschluckt.

Es sei nur so nebenbei, vielleicht für besonders fortschrittliche und unromantische Eltern angemerkt und zwar zur Aufklärung für die letzten Kinder, die noch an den Nikolaus glauben wollen: Das mit dem tief verschneiten Wald, dem Himmel hoch, dem Schlitten und dem Hirschen war tatsächlich auch gelogen. Außerdem ist weit und breit kein einziger, richtiger Wald in so einer Großstadt zu sehen.

Gefangen im Auto am Heiligen Abend

So manches schöne Vorhaben, seien es ein gut geplanter Verwandtenbesuch oder eine ausgedehnte Stippvisite, sind wohlweislich zu überlegen, wenn es allmählich weihnachtet. Aber gerade dann packt viele Deutsche das Reisefieber. Möglicherweise ist doch immer noch, auch nach vielen Generationen Abstand, ein Rest von Nomadentum, in geheimen Winkeln der durchschnittlichen Normalverbraucher vorhanden. Genau wie auch der Neandertaler nicht gänzlich aus den Genen verschwunden sein soll, jetzt einmal nur unvoreingenommen und rein verhaltensmäßig gesehen.

Dabei zeigt uns ja schon der normale, moderne Alltag, dass der Absatz an Automobilen aller Art beinahe täglich zugenommen hat. Obwohl selbst der kompetente, zurückhaltende Allgemeine Automobilclub und Pannenengel immer öfter von Blechlawinen sprechen und die Zeitungen und sonstigen Medien eindringliche Warnungen rechtzeitig vor den hohen Feiertagen ausstoßen, kommt es immer wieder zu den gefürchteten Megastaus. Die Autobahnen sind verstopft, die Straßen überlastet, in den Kurven lauert Glatteis, und die Alleebäume bieten ein gutes Ziel für einschlafende Asphaltkapitäne. Vom Kleinwagen bis zur Allradgroßraumkiste bleibt dann nur noch der Schrottwert übrig.

Nicht nur die bekannten kleinen Nager namens Lemminge sind mit Massenwanderungen und versteckter Todessehnsucht gesegnet. Auch der moderne Zeitgenosse und Protagonist zeigt ähnliche Anwandlungen. Er muss mit Sack und Pack samt Familienclan an Bord seines Kraftfahrzeuges hinaus in die kalte Dezemberzeit zum Ende des Jahres hin. Noch dazu wo doch die Dunkelheit an beiden Seiten des Tages ziemlich weit herein reicht und die Raunächte erheblich näher rücken. Außerdem lauern plötzliche Nebelzungen und zwielichtige Sinnestäuschungen dem unbefangenen Mobilisten hinter jeder Kurve auf. Das Letzte, was man dann glaubt, entfernt gesehen zu haben, war die Fata Morgana der strahlenden Gesichter rund um den Weihnachtsbaum.

Mit und ohne Schneechaos müssen die tapferen Autofahrer nicht nur in deutschen Landen mit Staus von längerer Ausdehnung rechnen. »Alle, die sich in das ungewisse Abenteuer stürzen wollen, sollten, wenn es irgendwie geht, nicht zu den verkehrsreichsten Zeiten fahren«, sagt ein besonders weiser, erfahrener, besorgter ADAC-Sprecher und früherer Rennfahrer. »Da sich die Fahrzeiten rund um Weihnachten auf wenige Tage konzentrieren, wird es besonders lebhaft. Vor allem, wenn die Feiertage auch noch arbeitgeberfreundlich liegen, kommen die Autofahrer wohl um den Megastau nicht herum.«

Wo er recht hat, hat er recht. Und als besondere Empfehlung betont er noch die weiteren, schwerwiegenden Sätze: »Ich weiß, wovon ich spreche. Um ein Haar wäre damals die Autobahn mein kaltes Grab geworden. Seitdem meide ich jede Autoschlange. Ich bin zwar nicht ganz erfroren, aber es hat vollauf gereicht. Das war damals, auch im Dezember kurz vor Weihnachten, wo andere bereits am warmen Ofen sitzen und sich auf die kommende, fröhliche Bescherung freuen. Alles war dicht, jedes Durchkommen war unmöglich – nicht die kleinste Lücke tat sich irgendwo auf. Noch heute rätsle ich, wer wohl dieser Erste und Auslöser ganz vorn am Stau gewesen sein mochte.«

Freimütig gesteht der erfahrene Spezialist: »Wenn man schon unbedingt unterwegs sein will, habe ich ein unschlagbares Geheimrezept: Am sichersten ist nach wie vor die kurze Strecke, welche ohne Umschweife in die eigene Garage führt, sobald das Christfest naht. Mein unverhohlener Tipp heißt: Tor zu, Christbaumkerzen an und stille Feiertage zu Hause.«

Die Odyssee einer befreundeten Familie, bestehend aus Oskar und Elvira, den zwei Erwachsenen, zwei Minderjährigen namens Malwin und Elgar und einem Rauhaardackel, fußt nicht auf solchen Überlegungen und Erkenntnissen. Vor allem der Rauhaardackel bricht inzwischen aus bitterer Erfahrung in jämmerliches Jaulen aus, wenn er in das Familienauto einsteigen soll. Bei der Familienkutsche handelt es sich um einen vielgängigen, mit Computerdaten angereicherten, navigeführten, überbreiten Spacecar.

Apropos Navigerät: Einige liebe Verwandte der Familie aus Norddeutschland wollten kürzlich und endlich auch einmal das stolze Neuschwanstein vom Märchenludwig besichtigen. Sie gaben dafür Füssen als Zielort ein. Weil nun aber so eine Suchmaschine keinesfalls auf Umlaute reagiert, landeten die Leute in Fussen. Das liegt in Oberbayern, ist ein unscheinbarer Weiler und nicht im Allgäu.

Der Huberbauer, der gerade seinen Stall ausmistete, klärte das Missgeschick schmunzelnd auf: »Neuschwanstein is vui weiter drüb'n. Des oanzige Schloss is bei uns an der Stalltür.« Es war ja nicht das erste Mal, dass eine verzweifelte Suche nach Neuschwanstein hier ihr unrühmliches Ende gefunden hatte. Da nützte auch das tollste, neue Navigerät im Auto nix.

Als ultimatives Vorzeigeobjekt beansprucht die Limousine sonn- wie werktags ihre eineinhalb Parkplätze. Auch sonst ist das Gerät für Großraumreisen bis in die entlegensten Landeswinkel hervorragend geeignet. Lediglich im unterentwickelten Ausland muss ein scharfes Auge die Bewachung des teuren Gerätes übernehmen, weil so mancher gut ausgebildete Dieb und Stehlratz schneller, als einem lieb sein kann, an das Abschleppen denkt. Das Allradvehikel ist für alles hervorragend ausgerüstet. Nur den Stau kann es immer noch schlecht verarbeiten. So war zwar die zuversichtliche, reisefrohe Familie guten Mutes aufgebrochen. Aber zumindest er, der Rauhaardackel, hat dann die schrecklichen Erlebnisse nie ganz vergessen können.

Weit kamen sie nämlich nicht an diesem Tag vor dem Christfest. Schon im schönen Frankenland war

Sense. Da ist man bereits froh, wenn es in einer Stunde wieder um zehn Kilometer weiter geht. Und wie eine Heilsbotschaft empfindet jeder gut trainierte Mobilist sogar das holperige »Stop and go«.

Um die Mittagszeit, immer noch tief in Süddeutschland, beschloss der Familienchef als abgebrühter Profidriver: »Jetzt gibt es erst einmal ein richtiges Mittagsmahl in der Raststätte. Dann geht es sicher besser voran, und der Stau hat sich aufgelöst.«

Aber nicht einmal das gab es. Fast alles war ausverkauft, und die Überfüllung griff schnell um sich. Man reihte sich wieder in die endlose Blechwarteschlange ein. Es wurde dämmriger. Es wurde Nacht. Es wurde immer später, und die Distanz in Richtung Ankunftsgegend verringerte sich nur äußerst mühsam. Durch die Lüneburger Heide schleppte sich ein endloser, verzagter Autowurm. Die ersten Ausfälle trafen ein. Sogenannte unbequem liegen gebliebene Fahrzeuge wurden zur Seite geschoben, damit es wieder um fünf Kilometer weiter ging. Kein Benzin mehr, keine warmen Sachen wie Decken oder Kopfbedeckungen einschließlich Ohrenschutz. Noch dazu meinte es auch das Thermometer nicht sehr gut mit den armen Mobilisten. In Celsiusminusgraden fiel es unaufhörlich weiter in die Tiefe, wo kein Halt mehr war und auf länger keine Wiederkehr in das Plus.

Wenigstens war das leichte Schneetreiben von höherer Warte wieder eingestellt worden. Bei einem lange anhaltenden Stillstand musste der liebe Rauhaardackel wieder einmal seine Notdurft verrichten. Er verschwand für die nächsten drei Stunden in der

Dunkelheit. Zu seinem Glück erreichte er, halb erfroren, mühsam die Blechlawine absuchend, sein Heimatfahrzeug wieder, denn weit war man ja nicht vorangekommen. Als Stadthund war seine Orientierung leider total verschüttet.

Seine nächste Notdurft fand im Auto statt. Um keinen Preis konnte man ihn noch einmal hinaus in das Gewirr der hunderttausend fremden Autos bewegen. Auch diese Nacht verabschiedete sich. Im Schneckentempo konnte man immerhin die sogenannte norddeutsche Tiefebene durchqueren.

»So oder ähnlich muss sich die Geschwindigkeit auf Schusters Rappen im Mittelalter gestaltet haben«, meinte die gestresste Ehefrau leicht übertrieben.

Der ältere, coole Bengel der Familie wusste dazu nur: »Wir haben zwar vier gesunde Reifen, sind aber auch nicht viel schneller.« Überhaupt zeigte sich wieder einmal, dass die Kinder am besten mit dem Problem umzugehen verstanden. Mit Spiel und Spaß, Nummernschilderraten sowie mit dem innovativen Kartenspiel Schafkopfen verging ihnen die Zeit zwar nicht wie im Fluge, aber wie im Stau. Trotzdem spitzte sich die Sache unaufhörlich immer mehr zu. Die Reservekanister wurden leer. Endlose Stunden im Auto mit kurzen Aufenthalten in überfüllten Raststätten dehnten sich dahin. Jeder Mobilist war plötzlich bescheiden ganz begierig darauf, endlich wieder für eine halbe Stunde etwas Fahrt aufzunehmen. Wofür sonst sollten denn die gut gebauten und geschwindigkeitsgewohnten Blechfreunde erfunden worden sein?

Lange nach Mitternacht traf eine übernächtigte, ausgefrorene Reisegesellschaft aus Süddeutschland, zunächst noch ohne weihnachtliche Hochstimmung, am Ziel ein. Selbst die ausdauernden Kinder waren einer kurzfristigen Zermürbung anheimgefallen.

Doch die anschließenden, beschaulichen Feiertage brachten die zerrütteten Abenteurer aus der Alpengegend wieder einigermaßen in das Gleichgewicht. Eine trauliche Stimmung im Kreise der Seemannslieder singenden und Grog trinkenden Verwandten ließ dann so nach und nach die Strapazen vergessen. Tief aus den Herzen kommend und aus voller Brust tönte es da unter dem herrlich geschmückten Weihnachtsbaum: »Wo die Nordseewellen schlagen an den Strand und im Sturmgebruus, da ist mene Heimat, da bin ik tu Huus.«

Doch allmählich schlich sich eine unterschwellige, heimtückische Angst, vor allem bei den Erwachsenen, in die glückliche Runde. Die Angst vor der Heimreise. Und diese – wie man aus Erfahrung weiß – rückte nicht nur immer näher, sondern sie traf auch ein. Aber um es recht kurz zu machen, denn die kostbaren Nerven waren ja von der Herreise schon etwas angegriffen: Es dauerte lediglich nur ungefähr doppelt so lange wie normal, bis der ersehnte Heimathafen wieder wohlbehalten und glücklich erreicht worden war. Nur ein paar unscheinbare Blechschrammen erinnern noch an die Weihnachtsodyssee.

Doch der Familienvater namens Oskar und seine Elvira sind bereits am Planen. Das kommende Weihnachtsfest soll wieder möglichst weit weg bei den Schwieger- und echten Eltern am anderen Ende der Republik nahe der aufgewühlten Nordsee verbracht werden. Gerade diese wird ja oft in den flutgefährdeten

Wintermonaten besonders aggressiv. Hin und wieder veranstaltet sie sogar eine echte Springflut als Beitrag zu den Feiertagen.

Doch der Oskar, ein echter Spross und Sohn von ausgepichten Nachfahren einer Seemannsfamilie, ist weder durch einen Megastau noch durch Springfluten einzuschüchtern. Ihn überkommt dann bereits im Advent eine gewisse raue Sehnsucht nach dem ungezügelten Wassergestade, den Nordseewellen. Auch wenn seine Frau, eine geborene Zillertalerin, manches Mal warnend meint: »Im Zillertal bei meiner Familie wären wir auch willkommen. Das ist viel näher. Aber du musst ja immer eine Weltreise unternehmen, wenn das Christkind naht.«

Der Patriarch meint aber versöhnlich, wenn auch mit Recht ebenso frech wie Oskar: »Deine lieben Bergbauerneltern sind doch etwas zurückgeblieben, abgeschnitten von Kultur und Fortschritt. Außerdem ist so eine Reiselust schon was Besonderes. Und wie du ja aus Erfahrung wissen müsstest: Wenn man erst einmal das Ziel erreicht hat und es weihnachtet, ist es wirklich recht gemütlich bei Grog und Gesang an der Waterkant.«

Der Ursprung des Anklöpfelns

Zum Ende des Dreißigjährigen Krieges hin war so gut wie nichts mehr intakt in deutschen Landen. Die Auseinandersetzungen von unversöhnlichen Glaubensanhängern hatten wieder einmal die enorme Bedeutung unterschiedlicher Meinungen bewiesen. Und deren aussichtslose, aber äußerst wichtige Durchsetzung mit vermeintlich wirkungsvollen Mitteln zerrüttete und verödete sämtliche Landstriche nicht nur in Deutschland. Es ist eben kaum damit getan, einfach ein paar Leute mit erzkonservativen Ansichten aus dem Fenster zu werfen, wie das in Prag und im damaligen Böhmerland rigoros gehandhabt worden war.

Noch dazu waren die Hinausgeflogenen dabei recht glimpflich davongekommen. Sie waren zwar verständlicherweise sehr ärgerlich, aber überlebten den Abflug nur leicht angeschlagen. Dennoch sannen sie auf Rache mithilfe ihrer zahlreichen Glaubensgenossen. Solche handfesten Einfälle zeitigen nämlich notgedrungen fast immer schwere Folgeprobleme. Und wer muss das dann wohl ausbaden? Die breite, sowieso schon benachteiligte, gutgläubige Bevölkerung. Viele

Dörfer und Gemeinden waren zum Schluss ziemlich ausgestorben, weil noch dazu die unerbittliche Pest zur Dezimierung der Leute beigetragen hatte. Sie nahm keinerlei Rücksicht auf die Heilsbotschaften der Kontrahenten. Nur die Wolfsrudel fanden in den menschenleeren Gegenden und wild wuchernden Wäldern eine willkommene Heimat. Sie waren aber weit weniger gefährlich, vielleicht weil sie konfessionsmäßig überhaupt nicht geprägt wurden.

Die vergangenen Jahrzehnte waren jedenfalls äußerst ungeeignet für ein beschauliches Zusammenleben. Landsknechte durchstreiften gierig und gründlich das ganze Land. Sie übten einen damals gängigen, wichtigen Beruf aus. Dabei mussten sie, waffenmäßig gut ausgerüstet, schon etwas plündern und zerstören, wie es sich leider nicht vermeiden lässt bei solchen langwierigen Meinungsverschiedenheiten. Auch wenn letzten Endes so gut wie nix als ein vorhersehbarer, wackeliger Kompromiss dabei herausgekommen war. Sogar bis zum heutigen Tag sind sich die beiden Konfessionen immer noch nicht ganz grün, im besten Fall vielleicht etwas hellgrün.

Noch in der soeben älter gewordenen Generation warfen zum Beispiel die katholischen Buben ganz im Geiste der Gegenreformation mit Steinen auf die separat eingeschulten Evangelenkinder. Genützt hat es ihnen nichts, und als längst Erwachsene sind sie jetzt doch etwas beschämt. Sie wollen es nicht gewesen sein. Heute dürfen sogar – großzügig erlaubt – Katholiken und Protestanten fast problemlos den Bund der Ehe eingehen. Nur die daraus entspringenden Kinder will jede Seite entsprechend prägen und das

Heidentum eliminieren. Reformation und Gegenreformation sind nach und nach im Sande verlaufen, kaum einer will sie heutzutage wieder ausgraben. Ganz im Gegenteil, schwärmt man nun doch von ökumenischen Zeiten, und beide Vertreter weihen gemeinsam alle möglichen Neueröffnungen sowie die Pferde beim Leonharditritt oder die Autos beim ADAC-Tag ein. Kriegerische und ideologische Meinungsverschiedenheiten haben aber weiterhin Hochkonjunktur, ein böser Geist weht nach wie vor durch viele verstockte Leute. Nicht nur der Protagonist in den ziemlich realistischen Aufzeichnungen des traurig-schelmischen Romans namens »Simplicius Simplicissimus« berichtet in seinen unglaublichen Erlebnissen recht nahe von den wahren Begebenheiten einer langen, schlimmen Epoche.

Die übrig gebliebenen, wenig fröhlichen und arg ramponierten Leute in Obergebertsham krochen aus ihren Verstecken hervor und schlichen zum Klang der Abendglocken in die kalte Kirche. Diese war ungefähr schon neun Mal unterschiedlich geweiht worden. Die wenigen noch einigermaßen Gläubigen wussten nicht mehr so genau, was sie nun wieder waren. Das Hin- und Herwogen verschieden gläubiger Heerscharen war der Grund für die wechselvolle, aufgezwungene Zugehörigkeit in Glaubenssachen. Ein zutreffendes jeweiliges Motto besagte damals nach dem momentanen Besatzer nachdrücklich: »Bauer, es hilft dir kein Zappeln, es hilft dir kein Wehr'n, Bauer, du musst katholisch – oder evangelisch wer'n!«

Die Huglbäuerin erkundigte sich beim Mesner, der auf einem Bein um den kargen Altar herumhumpelte:

»Sag, Bartl, sind wir jetzt katholisch oder protestantisch?«

Das konnte aber der gute Pfarrer Klöpfel anschließend schnell in seiner eindringlichen Predigt ungefähr klarstellen. Er meinte vorsichtig: »Genau weiß ich das jetzt auch nicht mehr. Ich glaube aber, wir sind wieder einmal katholisch wie in alten Zeiten. Aber das Wichtigste ist doch, dass wir noch da sind. Seid einfach alle froh und glücklich, weil jetzt ein einigermaßen brauchbarer Frieden herrscht. Es geht auf Weihnachten zu, und wir wollen nun recht dankbar sein. Da wir noch mehrere lebende Kinder unter uns haben, möchte ich zur Adventszeit hin ein schönes adventliches Anklopfspiel inszenieren. Die Kinder werden als gute Hirten an die Himmelstüre klopfen und darum bitten, dass der Frieden ewig oder wenigstens eine paar Jahre anhalten möge, wo doch jetzt alles einigermaßen geklärt sein müsste. Die letzten kaiserlichen, katholischen Besatzer und Wüstlinge sind ja schon einige Wochen verschwunden, und die evangelische Schwedenbande hat sich auch längst aus dem Staub gemacht. Nun wollen wir zusehen, dass wir nicht verhungern, und aus voller Brust lobpreisen.«

Die restlichen Halbwüchsigen fanden sich gleich am nächsten Tag im Pfarrhaus ein. Der Hausherr als anerkannte Kapazität und Vermittler zwischen der wirklichen und der Überwelt: »Mit Wort und Gesang sowie Lobpreisungen soll ein schönes Band von Glauben und Frieden geflochten werden. Gleich noch in diesem Advent am Vorabend des großen Festes wird unser Friedensklopfen stattfinden.«

Ab sofort wurde fleißig geprobt, geklopft und gesungen. Und schon kam dieser Donnerstag der ersten Aufführung daher. Das spärliche Publikum im schlecht geheizten Pfarrhaus spähte erwartungsvoll auf die lediglich von ein paar Talgkerzen schwach erleuchtete Bühne. Der löcherige Vorhang, bestehend aus einigen zusammengeflickten Betttüchern, öffnete sich, und die Kinder flehten mit schwarz gefärbten Gesichtern zunächst gemeinsam, dass der wütende Krieg endlich aufhören sollte.

Aber dann teilte sich die kleine Menge. Eine Hälfte rief nachdrücklich: »Wir sind katholisch. Das ist die einzig wahre Religion!«

Doch die andere Hälfte war auch nicht gerade faul und hielt forsch dagegen: »Nein, nein, nein – der neue Glaube ist der einzig richtige!«

Gesagt, getan, gingen die unterschiedlich verkörperten Meinungen fluchend aufeinander los. Da aber ertönte umgehend eine laute, befehlende Stimme von oben, aber eigentlich aus dem Hintergrund: »Reicht euch sofort die Hände, ihr törichten Kinder!«

Das fand dann auch nach und nach statt, bevor die tätliche Auseinandersetzung stärker zum Tragen gekommen wäre. Unverzüglich und beispielhaft war eine fruchtbare Gemeinsamkeit eingekehrt. Der Vorhang fiel. Durch die Löcher konnte man ein fieberhaftes Umbauen der Szene bemerken. Die Spannung eskalierte. Den Gläubigen war ob dieser gleichnishaften Vorgänge ziemlich warm geworden. Nun ging es forsch an den zweiten Akt. Ein altes Scheunentor nahm einen großen Teil der Bühne ein. Darauf war in gewaltig großen Lettern und in lateinischer Schrift für einige wenige Nichtanalphabeten zu lesen: *Himmelspforte.* Die singenden und betenden kleinen und größeren Junioren klopften dann abwechselnd an die verschlossene Tür. Das wiederholte sich des Öfteren und immer stärker, schließlich mit Erfolg: Die Pforte öffnete sich.

Unvermittelt kam der Herr Pfarrer als Siegesengel und mit einer verbeulten Posaune hervor. Er blies abwechselnd hinein und verkündete dann salbungsvoll: »O Herr und Meister des Himmels, sämtliche Heerscharen und Maria Mutter Gottes, wir danken euch und den einsichtigen Fürsten, dass der Dreißigjährige Krieg anscheinend ein Ende gefunden hat.«

Nun kamen vom Hintereingang der heilige Josef als Zimmermann mit Säge und Axt zu Fuß und die Mutter Maria mit dem bereits geborenen Kindlein im Arm auf dem einzigen Esel des Dorfes herein. Alles wurde immer glücklicher. Der Herr Pfarrer blies wiederholt und Frieden verkündend in das Posaunenrohr. Anschließend ertönte ein aufmunternder Gesang aus sämtlichen Kehlen der Anwesenden: »Gott hat alles recht gemacht!«

Und wie zur Bestätigung einer völkerverbindenden Friedensbotschaft trabten in diesem Moment die heiligen drei Könige sowie ein Hirte und ein Schaf zur rechten Bühnenseite herein. Die wenigen Überlebenden einer schweren, grauenvollen Zeit reichten sich die abgezehrten Hände und beteten, dass der Kriegswahnsinn für alle Zeiten gebannt sein möge. Wie durch einen höheren Befehl endete vor den zerbrochenen Kirchenfenstern abrupt ein Schneeschauer, und der gute Mond warf ein paar milde Strahlen in das Kirchenschiff hinein. Draußen heulten dazu einige, sogar mehrere Wölfe. Sie hatten sich, wie bereits bemerkt, in der schlimmen Zeit der Einwohnerdezimierung bedenklich vermehrt und suchten verständlicherweise nach Beute. Doch es ist keineswegs überliefert, dass einer oder mehrere Einwohner von Obergebertsham vom Meister Grimm und seinen Verwandten aufgefressen worden wären.

Im Laufe der folgenden, schon wieder nicht ganz kriegsfreien Jahrzehnte dachte man gern zurück an den leider inzwischen verstorbenen Pfarrer Klöpfel und sein dankbares Anklopfen an die Himmelstür. Und so bürgerte sich nach und nach ein sehr schöner christlicher Brauch ein: das Klöpfeln. In Abwandlung zum Ursprung des Adventanklopfspieles mit sehr ernstem Hintergrund gehen noch heute die beauftragten Kinder der Pfarreien mit schwarz gefärbten Gesichtern in sammelnder Weise umher. An zwei Adventsdonnerstagen vor dem Christfest bunkern sie für einen guten Zweck sowohl Geld als auch Naturalien, die sie als Lohn verzehren dürfen.

Es ist aber immer wieder erbaulich, wie doch das Brauchtum seine friedvollen und barmherzigen Seiten auf die oft etwas traurigen Ursprünge zurückführen kann und optimistisch in einen strahlenden Sinn verwandelt hat. Jedes klöpfelnde Kind ist heutzutage ein echter Beweis dafür, dass die Kriegsunternehmungen keinerlei Zeitgenossen auf dem Pfad der zwischenmenschlichen Tugenden voranbringen können. Sondern: Es sollte ausschließlich der Frieden sein. Doch zumeist weiß niemand so genau, wo der sich gerade versteckt hält.

Wohltuende Brände

Es gibt Geheimtipps, die nach Meinung von so manchem Genießer auch geheim bleiben sollten. Noch dazu, wenn der Hersteller von exklusiven Tropfen als glücklicher Erbschaftsgenüssling nicht unbedingt auf die gewinnbringende Vermarktung angewiesen ist. Vorbeugend für etwaige staatliche Gerechtigkeitsschnüffler sei angemerkt: Hier geht es keinesfalls um Schwarzbrennerei. Hiermit war früher der Großvater beschäftigt, der nie erwischt worden war. Problematischer wird es höchstens im Falle eines Konsumenten, der in staatlichen Diensten sowie noch dazu bei der Rauschgiftfahndung sein täglich' Brot verdient. Aber er – nennen wir ihn lediglich bei seinem seltenen, christlichen Vornamen, Anselm heißt er – ist ja gerade noch davongekommen. Eigentlich wollte er nur für die bevorstehenden höchsten Feiertage ein paar erlesene Tropfen, sprich Flaschen, erwerben. Whisky, Birnenschnaps, Himbeergeist, Gin, aber auch Kreationen neuerer Art auf Vanille- oder Kokosbasis, Kakaogeschmack und Tonkabohnen erfreuen ja den Kenner und sind nicht umsonst preisgekrönte

Erzeugnisse dieser gehobenen Destillationskunst im oberbayerischen Vorgebirge auf etwa tausend Meter über dem Meeresspiegel. Hier hat der ehrgeizige Hobbykünstler und Biofanatiker sein Refugium für seine besondere geistvolle, hochprozentige, handgemachte Produktion in überschaubarer, aber exklusiver Menge. Seine Freunde im promilleträchtigen Geiste hatten ihm den ehrenvollen Namen »Heini, der Edelschnapser« verliehen.

Auf dem Weg zur Erwerbung des Christbaumes am Marktplatz, gespickt mit schönen Edeltannen und dazugehörigem feinem Schmucktand, machte der gute Anselm vorher noch frohgemut und schnell sozusagen einen Schlenker bergauf. Die Edelbrennerei übte schon des Öfteren eine magnetische, ja fast magische Anziehungskraft auf ihn aus. Freudestrahlend und die Vorzüge sowie Leichtigkeiten des Lebens genießend, sollte der feierliche Advent mit seiner prophetischen Bedeutung der Ankunft des Herrn schon im Vorhinein gebührend berücksichtigt und gefeiert werden, wie es sich gehört. In so einem Falle kann man problemlos auch das Verb »vorglühen« trefflich verwenden.

Es wurde aber dann doch ein längeres Meeting der gehobeneren Art. Denn sein Freund und Edeldestillator Heini, der Schnapser, hätte mit Leichtigkeit auch führender Philosoph oder prophetischer Guru in einem Zenkloster am Gürtel des Himalayagebirges sein können, wo die Weisheit mit Eimern gescheffelt wird. Sonst konnte er, der Anselm, fast immer rechtzeitig seinem Freund und Visionär Lebewohl sagen, bevor seine Angetraute mit größeren Anschuldigungen aufwarten musste. Aber diesmal nahmen die gehobenen Gespräche eine wirklich existenzielle und grundlegende Richtung von Weisheit und Lebenskunst an.

Beim offenen, knisternden Kaminfeuer wurden die wichtigsten Dinge des Daseins auf einen logischen Nenner gebracht. »Weißt du, unser Leben ist eigentlich in Wahrheit ein Naturphänomen und sehr nahe verwandt zu unvorhergesehenen Vulkanausbrüchen. Das kann im Guten wie im Bösen erfolgen. Und so entsteht immer wieder Krieg bis zur Dauer von dreißig Jahren, oder hin und wieder auch Frieden. Dieser gilt allerdings bei vielen Regierungen als nicht so erstrebenswert, weil ihre Produktpalette an einfallsreichen Waffengeräten ganz schön viele Devisen einbringt. Und so bahnt sich häufig ein größerer Zwist an. Man müsste die gesamten Waffenhersteller und Ministerialdirigenten so lange mit hochprozentigen Getränken überschwemmen, bis auch der letzte Handlanger ein treuer Alkoholiker geworden wäre. Das würde die Präzision der Kriegsführung so stark beeinträchtigen, dass nie mehr jemand von Geschossen aller Art getroffen werden könnte. Das wäre dann die große Umlenkung. Es kommt nämlich auf die richtigen Bahnen an.«

Hier hat ein weiterer Besucher, der noch schnell dem weihnachtlichen Trubel und Stress entrinnen wollte, sein Stichwort gehört. Denn er war ein leidenschaftlicher Eisenbahner, und das sogar mit seiner gewaltigen Miniaturanlage im Keller des Eigenheimes. »Die Eisenbahn ist das wichtigste Bindeglied der Menschheit überhaupt. Wenn sie nicht erfunden worden wäre, würde zum Beispiel der nordamerikanische Kontinent immer noch im Dornröschenschlaf liegen. Und wer einmal versonnen auf einem Bahndamm stand und, die Eisenbahnschienen im Blick, in die geheimnisvolle Ferne geschaut hat, der weiß, was uns Fernweh und das Glück des verheißungsvollen Schienenstranges sagen wollen: Sie verkörpern die ewige Sehnsucht nach dem unerreichbaren Paradies.«

Da musste jedoch der Heini, der Edelschnapser, eine gerechte Richtigstellung einflechten: »Das sagst du nur so leichtsinnig daher, weil du kein Indianer bist, weder Apache noch Schwarzfuß!«

Immer tiefsinniger und wichtiger erreichten die Aussagen ein wirklich enormes Niveau von Bedeutung. Die um diese Jahreszeit übliche frühe Dämmerung war hereingebrochen. Hell züngelnde Flammen warfen geheimnisvolle Figuren und Bilder auf Wände und Gesichter. Ein überirdisch-transzendentales Fluidum breitete sich wohlig aus. Der Edeldestillator griff nun schonungslos zu seinen besten und teuersten Kreationen. Alle wohlmundenden, gelungenen Versuche der höheren geistigen Art brachte er aus geheimen Kellerwinkeln herauf. Sie sollten als Medium für den Vorstoß in ungeahnte Erkenntnisbereiche dienen. Er wusste nur zu gut, dass solche Stunden ganz nahe an die Lösung sämtlicher irdischer Probleme heranrücken. In diesen Augenblicken fehlt nur noch recht wenig, und die gesamte Welt könnte erleichtert aufatmen.

In logischen Erläuterungen erklärte er den aufhorchenden Freunden die wahren Dinge des Seins. Schließlich hatte man ihm schon in jüngeren Jahren in einem echten Buddhistenkloster in Indien lauter essenzielle, lebenswichtige Dinge beigebracht.

Als es draußen völlig dunkel geworden war, kamen doch allmählich schwache Reaktionen, Aufträge und verschüttete Vorhaben beim Anselm wieder zum Vorschein. Durchglüht vom Gehalt der Edelgetränke und den richtungsweisenden Existenzrezepten für ein wunderbares Dasein, verabschiedete sich der neu belebte und erbaute Polizist und Rauschgiftfahnder von seinen guten Freunden. Er schwankte jedoch nicht gleich in Richtung seines Fahrzeuges. Im urigen Hausgang hingen immer ein paar alte Sägen, Äxte und sonstige handwerkzeugliche Geräte neben einem Porträt des Volkshelden und Wildschützen Jennerwein. Einen verrosteten Fuchsschwanz ließ der Angetrunkene mitgehen.

Unterbewusst hatte ihm nämlich eine höhere Macht befohlen – eigentlich waren es die Worte seiner Frau beim Verlassen der gemeinschaftlichen Wohnstätte gewesen: »Deine einzige Aufgabe ist es heute nur noch, einen Christbaum zu besorgen. Wenigstens das wirst du doch hoffentlich schaffen. Und dass du mir ja nicht wieder bei deinem komischen Heini, dem Schnapsbrenner, oben landest. Ich möchte den Baum heute noch rechtzeitig schmücken, denn morgen bleibt keine Zeit mehr, wenn die bucklige Verwandtschaft eintrifft.«

Mit der »buckligen Verwandtschaft« waren einige für sie unangenehme Leute gemeint, wie zum Beispiel ihre Schwiegermama und deren Besserwisser von einem Freund, ein Professor der Theologie, der immer in höheren Regionen schwebte und predigen musste. Aber eigentlich war zumindest sie eine sogenannte gute Seele von einem Menschen. Man sollte nur vorsichtig und äußerst diplomatisch mit ihr umgehen. Und das zu schaffen, war leider dem Anselm seiner Frau nicht gegeben. Unbestritten hatte sie mehrere cholerische Anlagen, die oft explodierten, was sich des Öfteren nicht gerade positiv auf ahnungslose Mitbürger auswirkte. Ein unguter Trend brachte es dann mit sich, dass sie brave Leute einfach vor den Kopf stieß. Man könnte auch sagen: Dieses stark realistische Weib war auch nicht der wahre Jakob für einen braven, gutmütigen Mann.

Sein aufkeimendes schlechtes Gewissen hatte vorhin immer stärker an ihm herumgenagt, ja, sich rigoros in seine Hirnwindungen gebohrt. Er verschwand deshalb, bewaffnet mit dem stumpfen, verbogenen Fuchsschwanz, im nahe gelegenen Unterholz. Zum Glück konnte der beinahe volle Mondschein mit seinem trauten Leuchten stärkere Verletzungen und größere, unvorhergesehene Blessuren verhindern. Eine junge, noch etwas mickrige Fichte wurde dann die mühevoll erworbene Ausbeute des Anselm und seiner rostigen Kleinsäge. Er warf das Bäumchen in den Kofferraum und den Fuchsschwanz hinter sich, und los ging die unsichere Fahrt bergab, der Heimat entgegen.

Leider hatte er vergessen, dass die Kofferraumtüre immer noch aufgeklappt war. Der kühle Luftzug verriet ihm aber deutlich schon nach etwa zwanzig Minuten diese Tatsache. Umständlich stieg er aus. Selbst in seinem angeheiterten Zustand bemerkte er verblüfft, dass sich im Laufe der Fahrt verschiedene Gegenstände, wie eine vorsorgliche, warme Decke, eine Warnweste oder auch die Klorolle mit gehäkeltem

Hut, vom rückwärtigen Teil seines Autos im Luftzug der Fahrt verabschiedet hatten.

Dann wurde es brenzlig. Dummerweise überholte nämlich den vorsichtig und äußerst langsam dahinzuckelnden Anselm gleich darauf ein forsches Polizeifahrzeug und bedeutete ihm einen unwillkommenen Anhalt mit Tatütata und eindringlich leuchtender Kelle. Aber wie es das Schicksal manchmal auch gut mit den Menschen meinen kann, erkannte ihn einer seiner Kollegen aus dem Rauschgiftfahnderdezernat, der sogar entfernt mit ihm verwandt war, rechtzeitig:

»Mensch, fahr bloß vorsichtig, aber ohne Umschweife heim. Ich hab nix gerochen! Und pass gut auf, dass du nicht noch mehr Sachen verlierst. Ich möchte nicht in deiner Haut stecken, wenn du bei deiner Frau eintriffst.«

Doch unbekümmert und guter Dinge wurde die Trunkenheitsfahrt zu einem leider nicht ganz glücklichen Ende gebracht.

Damit war nämlich, wie vom Kollegen prophezeit, nicht alles gut gelaufen und wohl bestellt. Die besorgte Frau wartete bereits sehr unwillig auf der Türschwelle des trauten Heimes auf den überfälligen Heimkehrer. Als sie seines vom Unterholz zerkratzten Gesichtes und des Triangels am Sakkoärmel ansichtig wurde, war leider jeder Spaß verflüchtigt. Sie entfernte zunächst etliche Fichtennadeln und etwas Kleingezweig aus seinem Haupthaar. Noch dazu sprach der unsichere, schwankende Gang aufschlussreiche Bände. Auch das angesägte Hosenbein mit Blutspuren verriet einiges.

Der weihnachtliche Frieden brauchte einige Zeit, bis er wieder eingekehrt war. Unter der armseligen Fichte kam dann nicht so recht eine fröhliche, gnadenbringende Weihnachtszeit auf, auch wenn sie noch so schön aufgemotzt worden war. Und so ein Feiertag mit einem ausgewachsenen Kater hat auch seine Tücken, wenn der Schädel sein unangenehmes Brummen partout nicht einstellen will.

Das war aber noch nicht das ganze Ende der Fahnenstange, wie man so sagen könnte. Als seine liebe Frau am nächsten Werktag mit dem Wagen zu einer Besorgung aufbrechen wollte, musste sie eine unangenehme Feststellung hinnehmen: Der rechte hintere Reifen war beinahe platt. Ein angetrunkener Rauschgiftfahnder namens Anselm war nach der philosophisch-geistigen Orgie beim Rückwärtsstoßen über den Fuchsschwanz gebrettert. Und dieser hatte sich zwischen zwei Steinen so aufgebäumt, dass der Reifen leider vergeblich hatte standhalten wollen.

Diesen Vorgang konnte aber glücklicherweise nur er, der gute Mann mit dem seltenen Vornamen, nachvollziehen. Er schwieg sich natürlich beharrlich darüber aus, denn er war ja nicht nur leicht beschränkt, sondern auch ganz schön schlau und gerissen. Doch seine liebe Frau blieb noch längere Zeit nach den missglückten Festtagen äußerst ärgerlich gestimmt. Die abwechselnden Schlenkerer zu Heini, dem Edelschnapser, den Berg hinauf unterblieben aber zunächst für ein paar Wochen, bis eine furchtbar starke Sehnsucht unwiderstehlich erneut eingetroffen war. Philosophische Wegweiser für ein annehmbares Leben sind eben ziemlich unverzichtbar.

Der Weihnachtsdieb

Für gewöhnlich war der Alwin ein braver, ehrlicher Junge. Sein aufrichtiges Wesen wurde nur durch eine unerlaubte Abweichung etwas getrübt. Immer wenn es auf Weihnachten zuging, ja, schon ab Ende Oktober, wollte er in christlichem Sinn besonders karitativ helfen. Das war nicht verwunderlich, weil seine Mutter ein hilfsbereites Vorbild darstellte und im Dritteweltladen arbeitete. Sie stand dem Gutmenschentum auf eine tatkräftige Weise sehr nahe. Als echte Veganerin sorgte sie sich sogar besonders herzlich um das Wohl unserer Mitgeschöpfe, die geschundenen Tiere, nach dem Motto: Wenn schon die Mitmenschenmehrheit und sogar viele zuständige Politiker nebst Agrarminister oft herzlos reagieren, müssen wenigstens wir ein Beispiel geben. Hierbei neigte sie aber eventuell schon zu einer leicht verbohrten Übertreibung.

Aber auch der aufgeschlossene Bub sah die kannibalische Diskrepanz der ganzen Sache ein. Dadurch musste der gute Alwin von seinen Schulkameraden häufig mehr als nur etwas unüberlegten Spott und Häme über sich ergehen lassen.

Sogar sein bester Freund, der Seppi, konnte sich hin und wieder nicht beherrschen und ließ gemeine Sprüche auf den Freund herabprasseln: »Du darfst ja nicht einmal Blutorangen essen oder gar dein Sparschwein schlachten.«

Andere Mitschüler wurden noch böser, wie zum Beispiel der Metzgersohn Franzl: »Du kannst nicht einfach so sterben wie ein normaler Mensch. Du musst, ob du willst oder nicht, ins Gras beißen. Und merke dir eins: Für dich gibt es auch niemals eine Extrawurst, obwohl du ein Sonderling bist.«

Der Alwin nahm es gelassen. Nur einmal meinte er zum Metzgerfranzl: »Sei froh, du Dickerling, dass du ein begnadeter, schwergewichtiger Fleischfresser bist. Andernfalls müsste man ›Biovegantonne‹ zu dir sagen.«

Sein angeblich leichtfüßiger Vater, so wurde gemunkelt, hatte sich damals noch schnell aus dem Staub gemacht, bevor ihn ernste Erziehungspflichten eingeholt hätten. Pekuniär ging es nicht gerade üppig zu im Haushalt der beiden Alleingebliebenen. Und wie jeder weiß, sind die ärmlichen Leute eher mehr unter uns geworden als früher. Nicht nur die vor Kriegen flüchtenden Zuwanderer haben ein schweres Los zu bewältigen, auch einheimische Leute leben des Öfteren nahe am Existenzminimum mühsam vor sich hin. Ohne gleich einem Helfersyndrom zum Opfer zu fallen, ist eine Unterstützung angebracht. Und so zog der gute Bub jeweils schon vor dem Adventbeginn bereits vorsichtig zu einer lohnenden Diebestour aus, um mit den erbeuteten Sachen zum Christfest hin Gutes zu tun.

Das ging so lange problemlos, bis er etwas dreister und ungezügelter auftrat. Waren es zunächst einigermaßen schlecht einsehbare Orte, die er für seine Diebestouren ausgesucht hatte, meinte er so nach und nach tatsächlich, er sei ein gottgesandter Himmelsbote für ausgleichende Gerechtigkeit und so etwas wie ein Schutzengel der Armen. Zwar immer offensichtlicher, dafür aber blitzschnell übte er sein zweifelhaftes Handwerk aus, und zwar beinahe so perfekt, als ob er bei einem Taschendieb aus Neapel in die Lehre gegangen wäre. So mancher mangelhafte Illusionist oder Zauberer hätte da viel lernen können.

Freilich kannte man den sympathischen, leutseligen Jungen bald sowohl in der Essensausgabe als auch in der Sammelstelle für Spenden aller Art. Er selbst war recht anspruchslos, und seine gute Mutter hatte wirklich eitel Freude mit ihrem aufgeweckten Sprössling. Wobei hier wieder passend ein veganer Ausdruck als Jungpflanze zum Tragen kommt.

Gleich nach Schulende verschwand der Bub unter fadenscheinigen Vorwänden, leider oft, ohne seine Hausaufgaben erledigt zu haben. Freilich konnte er trotzdem als einer der besten von sämtlichen Klassen glänzen. Sogar mancher Lehrer hatte Mühe, Alwins offensichtlicher Begabung und Schnellauffassung zu folgen. Eines stand fest: Ein Sonderschüler war er nur im übertragenen Sinne.

Es trieb ihn in das Stadtgewusel und Gedränge der vorweihnachtlichen Hektik. Als kluger Beutemacher war sein weiter Mantel mit geräumigen Fächern geradezu ideal, um viel Brauchbares abzuschleppen. Am liebsten trollte Alwin sich immer im unübersichtlichen, regalsichtgeschützten Supermarkt umher. Da wanderten oft blitzartig allerlei brauchbare Gegenstände in die weiten, extragroßen Innentaschen des flinken Burschen. Diese hatte er sich als geschickter Hobbyschneider selbst eingenäht.

Als günstig für sein karitatives Vorhaben stellte sich vor allen Dingen die äußerst dünne Personaldecke des Supermarktes heraus. Es wurde zum Wohle der toll prosperierenden Firma und vor allem der sowieso schon geldmäßig gut gepolsterten Oberen geknausert und gespart, wo es ging, aber hauptsächlich am schlecht bezahlten Personal. Auch wenn der finanzielle Erfolg des Unternehmens bisher über alle Maßen gut gelaufen war, dachten die Konzernbesitzer in anderen Regionen. Schon seit Längerem wollten sie durch eine Fusion, das heißt mit feindlicher Übernahme, etliche kleinere Unternehmen schlucken und noch besser verdienen.

Der schlaue Bub hatte diese Tatsachen nicht zuletzt durch seine ziemlich sozial eingestellte Mutter schnell begriffen und fand dadurch sogar eine gewisse Legitimation für die dreisten krummen Touren. Sein Unrechtsbewusstsein war in dieser Richtung leider noch etwas schwach ausgeprägt. An der Kasse zahlte er dann lediglich für eine billige Kleinigkeit seinen Obolus. Sein schlaues Motto hieß: Bloß nicht auffallen. Er war nicht nur durchaus etwas intelligenter als die meisten normalen Diebe. Und so kam man ihm sehr lange nicht auf die Schliche.

Wie jeder in einschlägigen Gerichtsakten immer wieder lesen oder hören kann, gehört der allgemeine Dieb recht häufig zu den allerdümmsten Zeitgenossen überhaupt. Schwachköpfe, Dilettanten und Pechvögel treiben da oft ihr Unwesen. Wenn zum Beispiel, wie geschehen, ein zweifelhafter Bankräuber mit vorgehaltener Wasserpistole dem Kassierer einen Zettel durchschiebt und versehentlich einen Wasserstrahl verspritzt, geht der Spaß auch schon los: Aller Augen richten sich auf ihn, in Erwartung einer humorvollen Unterhaltung. Der Mann an der Geldausgabe liest: *Geld sofort in einen Sack!* Der Zettel wandert zurück, und nun steht darunter: *Ich habe keinen Sack.* Sinnend überlegt der maskierte Mann also den nächsten kühnen Schritt, dabei ist er keineswegs der Schnellste. Er schreitet vorsichtig zur Geiselnahme, überspringt den Ladentresen nebenan – und bleibt mit gebrochenem Fuß auf der Strecke. Der Polizei verkündet er allen Ernstes: »Ich wollte doch nur Spaß machen.« Und das war ihm zur allgemeinen Zufriedenheit besonders gut gelungen.

Als er zum wiederholten Male wegen noch dümmerer Anschläge vor seinem Richter stand, soll dieser mürrisch gesagt haben: »Wenn du noch einmal hier auftauchst, kannst du dir einen anderen Richter suchen. Mir reicht es mit dir.«

Aber der Kleindieb Alwin hatte bisher sowieso noch keinen Banküberfall ins Auge gefasst. Einen solchen würde er sicher intelligenter planen. Doch sein unbekümmertes Klauen blieb bald nicht mehr völlig unbemerkt. Schon des Öfteren hatte eine gut aussehende, fleißige junge Witwe an der Kasse den schlauen Bengel in Verdacht des unredlichen Abschleppens von allen möglichen Waren. Zunächst beobachtete sie ihn nur in lauernder Weise über einen längeren Zeitraum, ohne etwas zu sagen oder gar den Hausdetektiv zu informieren. Die Diebstähle waren einfach wirklich besonders perfekt.

Doch eines schönen Adventabends – die Einkaufsschlange war kurz vor Ladenschluss abgerissen, und der Bub stand als Letzter vor der einzig noch offenen Kasse – griff sie unvermittelt in die ausgebeulte Innentasche seines billigen Mantels. Und schon hielt sie ihm eine nicht ganz billige Flasche Schampus vor die Nase.

Da war das Bürschchen doch nicht nur sprachlos, sondern auch schwer betroffen. Er hatte überhaupt nicht geglaubt, dass irgendjemand schlauer als er sein könnte.

Die Kassiererin flüsterte gnadenlos: »So, jetzt bist du überführt! Ich beobachte dich schon seit Längerem, und das ist jetzt das Ende deiner Diebestouren. Nur weil ich deine Mutter gut kenne, rufe ich dieses Mal noch nicht den Hausdetektiv.« Sie stellte die Flasche zur Seite und winkte den verblüfften Jungkriminellen durch. »Mach, dass du wegkommst, bevor ich's mir anders überlege.«

So schnell war der kleine Meisterdieb noch nie einer äußerst heiklen Situation entfleucht.

Im Gegensatz dazu konnte anderswo ein ertappter, wehrhafter Rentner aus dem Altersheim nicht so leicht abgeschüttelt werden. Laut einer Zeitungsmeldung schnappte ihn zwar der Hausdetektiv auf frischer Tat, auf dem Weg zum Chefbüro nahm die Sache allerdings einen kriegerischen Verlauf. Als früherer Kendo-Kämpfer entriss er der Putzfrau einen Besen, und sowohl Chef als auch Hausdetektiv wurden in die Flucht geschlagen. Zu Hause klopfte ihm die Frau glücklich und zufrieden auf die Schulter, als er die guten, arg benötigten Sachen auspackte.

Wie aber manchmal das Schicksal so spielt, sah die Kassiererin aus dem Supermarkt am folgenden Samstagvormittag den Jungen in der Essensausgabe für die zunehmende Anzahl hungriger, mittelloser Menschen. Gerade holte er aus den Innentaschen seines Mantels verschiedene gute Sachen und legte sie brav zur Speisung und Aufheiterung der bedürftigen Leute auf den Tisch. Dann traf sie seine Mutter, und ein trauliches, interessantes Gespräch vertiefte die Sympathie der beiden Frauen zueinander. Nicht zuletzt durch das überraschende Verhalten des Jungen stieg eine warme Zuneigung in der Kassierdame auf. Mit keinem Wort erwähnte sie jedoch den jungen Diebessamariter und Sohn der neuen Freundin.

Inzwischen hatte der intelligente Jungdieb natürlich sein Beschaffungsfeld gewechselt. Ein anderer, noch größerer Superwarenmarkt gleich im Nachbarort wurde sein neues, weites Betätigungsgebiet. Und dort dauerte es sehr lange, bis seine Unregelmäßigkeiten an das unbestechliche Tageslicht kamen. Wie jeder weiß, mahlen die Gerechtigkeitsmühlen bekanntermaßen zwar langsam, aber unerbittlich. Hier sollte jedoch eine völlig andere, schicksalhafte Konstellation von Offenbarung bei seinen Diebereien eintreten.

Gerade als er wieder mehrere brauchbare Objekte in den weiten Mantelinnentaschen blitzartig verschwinden ließ, kam unvermittelt ein eloquenter, gut gekleideter Mann und Krawattenträger mittleren Alters um die Regalecke. Diesmal war der Bengel jedoch nicht schnell genug beim Verschwindenlassen der Beute vorgegangen. Und schon hatte ihn der neue, kürzlich eingetroffene Geschäftsführer des Unternehmens am Kragen gepackt.

»Jetzt hab ich dich auf frischer Tat ertappt! Was hast du dir denn dabei gedacht? Wie ist dein Name?«

Völlig verdattert, beleidigt und beschämt stotterte der Alwin seine Identität hervor.

Der Geschäftsführer stockte in seiner forschen Vorgehensweise. »Sag bitte noch mal, wie du heißt!« Und nach einer längeren Pause: »Das gibt's doch gar nicht!« Flugs nahm er den angsterfüllten Jungen resolut bei der Hand und führte ihn in das kleine Restaurant des Hauses in den zweiten Stock hinauf.

Widerstandslos setzte sich der Ertappte. Eingeschüchtert wagte er kaum einen Aufblick in das Gesicht des Geschäftsführers. Dieser bestellte für sich unter Schock stehend einen doppelten Obstbrand – obwohl er eigentlich so gut wie nie Alkoholika trank – und für den Burschen einen einfachen Eierlikör.

Einige Minuten verstrichen sprachlos. Nun wendete sich das Blatt plötzlich in eine völlig andere Richtung. Nicht so sehr der frisch ertappte Dieb stellte sich als Übeltäter heraus, denn nun beichtete ein nachdenklicher, betretener Mann: »Ich bin dein Vater. Das nenne ich einen glücklichen Streich des Schicksals. Damals, als du zur Welt gekommen bist, steckte ich voller Probleme. Ich war hoch verschuldet und wollte euch, deine Mutter und dich, nicht mit in mein finanzielles Unglück stürzen. Außerdem hatte ich einen unverschuldeten Prozess am Hals. Und deine Mutter hatte so eine besserwisserische, fast schon fanatische Art – damals konnte ich mit einer veganen Ernährung, wie sie sie pflegte, überhaupt nicht übereinstimmen. Da bin ich Hals über Kopf nach Australien ausgewandert. Doch mein Gewissen war absolut kein sanftes Ruhekissen. Als ich meine finanziellen Angelegenheiten etwas geordnet hatte und wieder zu Geld gekommen war, habe ich in anonymer Weise mehrere Geldüberweisungen zu eurem Wohle getätigt. Damit konnte sich deine gute Mutter sogar ein kleines Auto leisten. Auch wollten ein unbewusstes Heimweh und mein damaliges schlechtes Gewissen wegen meines Verhaltens nicht verstummen. Und vor Kurzem konnte ich dann den Posten als Geschäftsführer dieser Ladenkette übernehmen. Nicht zuletzt dachte ich dabei an dich und deine Mutter.«

Ungläubig und zunächst etwas abwehrend suchte der Junge den Blickkontakt zu dem plötzlich in sein Leben getretenen Vater. Dabei musste er zugeben, dass es sich um keinen unangenehmen Menschen handelte.

Dieser fuhr erschüttert fort: »Ich möchte mich nicht nur bei dir, sondern auch bei deiner Mutter entschuldigen. Morgen ist Sonntag. Da werde ich bei euch vorsprechen, wenn es dir recht ist.« Er schloss den Jungen ganz vorsichtig in seine Arme, und ein paar unabsichtliche Tränen entfleuchten dabei seinen Augen.

In dem völlig überraschten Kleindieb Alwin breitete sich so nach und nach ein überwältigendes Gefühl aus. Er flüsterte: »Ich habe einen Vater! Ich habe einen Vater! So eine weihnachtliche Überraschung – und er ist überhaupt kein Rabenvater!«

Wie im Märchen

Es heißt zwar, Träume seien Schäume. Aber das ist nicht die ganze Wahrheit. So mancher Traum holt aus den Tiefen der Persönlichkeit ungeahnte Geheimnisse hervor. Oft sind es aber auch ganz normale Fantasien und Vexierbilder, die zur Entspannung beitragen und den Alltag etwas erleichtern. Weil der jugendliche Alwin und vormals Kleindieb unverhofft zu einem Vater gekommen war, lebte er sozusagen ab sofort in frohen, höheren Regionen. Seine Eltern hatten sich gründlich ausgesprochen und bald darauf sogar versöhnt. Wieder einmal könnte man da vielleicht erleichtert sagen: »Die Zeit heilt Wunden.«

Dadurch war ein wirklich freudvolles, gesegnetes Weihnachtsfest in die Wohnstube eingekehrt. Der Christbaum, eine dekorativ-glänzend geschmückte Bio-Edeltanne, prangte in seinem wohlduftenden Bienenwachslicht und veredelte die hohen Tage. Ein romantisches, handgefertigtes Kripperl kündete von der überlieferten Erlösungsgeschichte unseres Herrn Heilandes. Der Alwin und seine kreative Mutter hatten die Figuren in fleißiger Heimarbeit aus Lindenholz selbst geschnitzt. Diese waren schon einigermaßen gut gelungen, auch wenn die Schafe, mit echter Schafwolle beklebt, etwas Wolpertingerhaftes ausstrahlten. Die frommen Hirten erschienen zu zweit und ähnelten beide unbeabsichtigt dem Quasimodo, der als Glöckner von Notre Dame eine starke Bekanntheit erreicht hatte.

Es gab sinnvolle, schöne Geschenke, der Kachelofen wärmte wohlig. Der Alwin war zwar als Zwölfjähriger eigentlich schon etwas jenseits der Welt von Märchen und Sagen, aber er hatte sich mit voller Überlegung eine Prachtausgabe von *Grimms sämtlichen Märchen* gewünscht. Schon von Kindesbeinen an faszinierte ihn die Fantasiewelt der Gebrüder Grimm und ihre Sammlung skurriler Geschichten. Vielleicht ahnte er schon, dass er später als Kinderpsychologe seine Berufung finden sollte, da werden ja diese parabelhaften Gleichnisse und Fantasien gern als Mediatoren zur Ergründung der kindlichen Psyche verwendet. Die nicht zu übersehenden Grausamkeiten dienen dann für die Frustbewältigung, noch dazu in unserer leider von Brutalitäten und virtuellen Kampfspielen übersäten Welt. Und so beschäftigte er sich durchaus sinnvoll mit den Hintergründen und Symbolen eines übergearteten, unwirklichen Universums.

Als junger, analytischer Beobachter und Fan der Grimm'schen Märchenwelt schmökerte er über die Feiertage in dem prächtigen, fantasievollen Band, und das offensichtlich mehr als genug. Dies blieb aber in der darauffolgenden Nacht nicht ganz ohne Folgen. Er schlitterte in eine kunterbunte Traumwelt hinein. Wie von einer höheren Warte aus sah er auf eine äußerst skurrile, kaleidoskopartige, wechselvolle Szene hinab. Gern wäre er da auch mit hineingerutscht, vielleicht sogar als einer, der mit übersinnlichen Kräften ausgestattet mitmischen durfte. Aber die geheimnisvollen Abläufe waren leider nur ein verrücktes Traumgespinst.

Figuren und unwirkliche Ereignisse schlüpften aus dem Prachtband heraus. Es begann in schaurigdämmriger Forsteinsamkeit. Sowohl der Hänsel als auch die Gretel irrten im beinahe ausweglosen, immer finsterer werdenden Wald umher. Eigentlich handelte es sich dabei sogar um einen total verfilzten Urwald, wenn auch ohne Affen oder Tarzan. Schon ganz matt vor Hunger und Müdigkeit, erspähten die Geschwister ein fernes, eigenartiges Licht zwischen den Bäumen. Sie mobilisierten die letzten Kräfte – und siehe da, sie erreichten ein stallähnliches Gebäude.

Da hastete ein verirrter König vorbei und murmelte: »Hurleburlebutz, meine jüngste Tochter geb ich keinesfalls dem weißen Männchen!«

Aus dem Unterholz trat gleichzeitig ein echter Nikolaus mit knallroter Zipfelmütze hervor.

Ein großer, wilder Wolf sprang an ihm hoch und rief: »Gleich werde ich dich fressen!«

Ärgerlich drehte sich der heilige Mann um: »Du blöder Wolf! Ich sag's dir jetzt zum letzten Mal: Ich bin nicht das Rotkäppchen – und erst recht keine Großmutter.« Da zog der Meister Isegrim beleidigt und traurig Leine.

Kaum war er verschwunden, schlenderte ein hübsches Mädchen in einer roten Kappe und mit einem

Korb voller Gesundheitskuchen sowie einer Rotweinflasche hervor: »Ich suche meine Großmutter, bevor sie der hungrige Wolf auffressen kann. Sie ist schon recht gebrechlich, und ich muss sie stärken.«

Zusammen öffneten sie die Tür, und ein unwirkliches Licht strömte auf die Eindringlinge los. Wie geblendet wurden sie einer wirklich eigenartigen, biblisch-ähnlichen Szene ansichtig. An einer Futterkrippe standen da die Goldmarie, und auch – als heiliger Josef mit Säge und Beil bewaffnet – der Hans im Glück.

In der Krippe lag ein strampelnder Bursche, der laut verkündete: »Ach, wie gut, dass niemand weiß, dass ich Rumpelstilzchen heiß!«

Der gutmütige Ochse, der dabeistand, brummte: »So reiß dich doch zusammen, du Blödian!«

Ein Esel trompetete und schrie: »Bricklebrit!« Daraufhin entfleuchte ihm ein Berg von Goldstücken aus seinem hinteren Teil.

Nun schien es aber gefährlich zu werden: Die Tür wurde aufgerissen, herein stürmten einige grobschlächtige Räuber, die normalerweise zur Geschichte der Bremer Stadtmusikanten gehörten. Sie hatten sich verlaufen. Aber als sie des Goldhaufens ansichtig wurden, waren sie natürlich sofort auf Plünderung aus.

Da rief der Esel schnell: »Knüppel aus dem Sack!« Und schon sprang aus einem unscheinbaren Sack weiter hinten ein Prügel hervor und verdrosch die verblüfften Räuber so ordentlich, dass sie kleinlaut das Weite suchen mussten.

Die gute Großmutter war durch den Hintereingang hereingekommen. Sie setzte sich an ein Tischlein und verzehrte sowohl Gesundheitskuchen als auch Wein vom Rotkäppchen. Anschließend war sie aber immer noch sehr hungrig.

Da rief der Esel: »Tischlein, deck dich!« Und sogleich erschienen die besten Bissen und Speisesachen.

Die Großmutter verzehrte alles mit Stumpf und Stiel, bis sie recht stark geworden war und jeden Wolf in die Flucht schlagen konnte. In diesem Augenblick klopfte es ans Fenster.

Ein wunderschöner Ritter stand draußen und rief: »Rapunzel, mach keine Zicken, und lass mir dein Haar herunter!« Diese saß anscheinend oben auf dem Dach.

Und schon fiel ein dicker goldener Strang von frisch gewaschenen Haarflechten herab. Der Ritter hangelte sich behände daran hinauf.

Aber dann wurde es oben ungemütlich. Eine geifernde Frauenstimme kreischte überlaut: »Du mieser Kerl, du hast dich ja plötzlich in den Zwerg Nase verwandelt!« Dieser plumpste nach einem bösen Rempler wieder vom Dach herab und trollte sich fluchend von dannen nach hinnen.

Die Stalltür öffnete sich erneut. Ein feudaler Hofstaat drang herein, und inmitten seiner Vasallen stolzierte der Kaiser ohne Kleider in den Raum. Er war tatsächlich nicht einmal mit der geringsten Unterhose bekleidet und merkte es nicht. Das Gedränge wurde unübersichtlich und beängstigend. Da erschien plötzlich die böse Hexe persönlich und schob einen Hofstaatler nach dem anderen in den großen Backofen hinein, der in der Ecke nur so darauf gewartet hatte.

Der Kaiser ohne Kleider protestierte lautstark. In seiner dämlichen Nacktheit plärrte er: »Du blöde Gans, ich bin der Kaiser! Das sieht doch jeder an meinen teuren Gewändern, die vor Gold und Diamanten geradezu strotzen!«

Da bekam die Hexe einen Lachkrampf: »Du gehörst ja hier überhaupt nicht her. Keine Gebrüder Grimm haben dich erschaffen, sondern der dänische Märchenmeister Hans Christian Andersen.«

Doch ehe sie sich's versah, waren der Hänsel und die Gretel flugs zur Stelle und schoben die laut meckernde und dennoch weiter grinsende Zauberin in das offene Backofenloch hinein. Sofort brannte sie munter und lichterloh dahin.

Durch das Meckern waren aber die sieben Geißlein angelockt worden. Das kleinste und frechste verkündete vorlaut: »Wir haben den bösen Wolf ausgetrickst und fleißig Haken geschlagen. Da ist der Depp versehentlich an einen Baum gerannt.«

Als es aber draußen sehr laut knurrte, verschwanden die Geißlein nach und nach schnell im Uhrkasten der Kuckucksuhr, obwohl der verdatterte Kuckuck laut protestierte: »Jetzt hab ich doch überhaupt keinen Platz mehr zur Ausrufung der Stunden!«

Nun quakte es aber besonders lautstark vor der Tür. Das Rotkäppchen öffnete, und der Zwerg Nase schrie: »Ich bin der Prinz, ich bin der Frosch, wer küsst mich sofort, damit ich wieder zurückverzaubert werden kann?«

Da fasste sich die gute Gretel ein Herz und küsste den hässlichen Zwerg auf seine übergroße, bewarzte Nase, dass es nur so schmatzte. Und schon donnerte es gewaltig. Die Kerzen gingen aus und gleich darauf strahlte ein starker Komet beim Fenster herein. Man sah plötzlich wieder etwas.

In der letzten Ecke thronte ein übergroßer Ochsenfrosch und maulte: »Der Kuss war nicht stark genug. Sofort erneut kräftig küssen!«

Nun war das Rotkäppchen an der Reihe. Mindestens fünf Minuten lang küsste es den hässlichen Frosch und machte ihn ganz verrückt. Es donnerte erneut besonders gewaltig. Im nächsten Augenblick war der Frosch verschwunden. Der Zauber hatte leider nicht klappen können, weil der dumme Kerl überhaupt nicht mehr bei der ursprünglichen Sache gewesen war.

Aber wie heißt es doch so schön von früher her vom griechischen Herrn Philosophen Heraklit: *Panta rhei!* – Alles ist im Fluss, und sowohl die Zeit als auch die Ereignisse bleiben niemals stehen. Daher klopfte es kräftig an der Türe. Keiner wagte zu öffnen.

Das Holz splitterte, und herein polterte das tapfere Schneiderlein: »Wo ist der Riese?«, fragte es keck. »Habt ihr keinen Riesen gesehen?«

Plötzlich krachte es unter den Dielen. Schon hob sich ein Teil der Bretter, und ein mittelgroßer Riese mit ungefähr dreieinhalb Metern Höhe drang herauf und polterte: »Wer hat mich so frech gerufen?«

Das tapfere Schneiderlein zog ganz flink seine Steinschleuder hervor und schleuderte umgehend und mit größter Kraft einen Kieselstein, traf aber leider das Fenster, dass es nur so krachte.

Da zog es der mittelgroße Riese kräftig bei den Ohren und verkündete warnend: »Du vorwitziges Schneiderlein, du! Hast du heute noch kein Zielwasser getrunken? Für diesmal will ich es gut sein lassen. Aber das nächste Mal fliegst du mit samt deinem Kieselstein zum Fenster hinaus!« Daraufhin legte er sich in eine andere dunkle Ecke und fing an zu schnarchen, dass sich doch einige Balken zu biegen begannen.

Und gerade als das Dach einbrechen wollte und der Alwin, plötzlich mitten in besagter Szenerie stehend, schweißgebadet leider erwachte, konnte er märchenmäßig nicht mehr mitmischen. Da wäre es natürlich besonders interessant geworden, hatte er sich doch schon beinahe in einen strahlenden Prinzen verwandelt.

Der neu gewonnene Vater stand am Bett und beruhigte ihn: »Hast dich wohl zu viel mit deinem neuen Buch beschäftigt? Die Gebrüder Grimm sind nicht zu unterschätzen mit ihren fantastischen Märchen. Auch ich hatte mich als Kind mit den Erzählungen schwer beschäftigt und des Nachts davon geträumt. Glücklicherweise siegt in den Geschichten immer wieder das Gute. Das ist der Vorteil dieser Parabeln. Man muss nur auch fest daran glauben und irgendetwas daraus lernen.«

Draußen schneite es inzwischen erheblich, weil die gute Frau Holle ganze Berge von Betten ausschüttelte, um für einen gehörigen Wintersport aller Richtungen zu sorgen.

Für das nächste Weihnachten, das ja unausweichlich wieder eintreffen würde, nahm sich aber der Bub vor, das Kripperl mit vielen zusätzlichen, fantastischen Figuren aus der Welt der Grimmbrüder zu bereichern.

Und sein neuester Wunsch war auch ein Märchenbuch vom dänischen Dichter Hans Christian Andersen, weil zum Beispiel »Des Kaisers neue Kleider« eine besonders schöne und gleichnishafte Erzählung ist. Und auch den tollen, romantischen Fabulierer Wilhelm Hauff wollte er mit einem der nächsten Buchwünsche näher kennenlernen.

Damit war ein weites Feld aufgetan. In sämtlichen Ferien durch das Jahr entstanden die unwahrscheinlichsten Figuren und Adepten aus Lindenholz für eine stark erweiterte, teilweise aber immer noch geheiligte Minilandschaft nicht nur mit Stall, Ochs und Esel sowie Krippe und Heilsgeschichte.

Finger weg!

Immer öfter liegen als besonders beliebte Geschenke größere und liebevoll in weihnachtlichem Dekor verpackte Pakete voller Feuerwerkskörper unter dem strahlenden Lichterbaum. Die Mutti und der Vati wissen, was dem Buben Freude macht. Hieß es früher aus dem kundigen Mund des allseits bekannten Nikolausfreundes und Begleiters namens Knecht Ruprecht: »Äpfel, Nuss und Mandelkern fressen fromme Kinder gern«, so ist doch die Zeit mitsamt ihrem rasanten Fortschritt nicht stehen geblieben. Fundamentale Veränderungen haben um sich gegriffen.

Der gute, alte Dichter Theodor Storm, ein nachweislicher Meister seines Faches, war ja auch kein Prophet. Er saß damals lediglich einsam am grauen Meer, wahrscheinlich bei Husum, fabulierte, und die Zukunft war noch in weiter Ferne. Sonst hätte er sicher für die heutzutage passenden Weihnachts- und Neujahrswünsche sowie neuen Erscheinungen trefflich weiter gedichtet: »Von drüben von China komm ich her, ich muss euch sagen, es krachet schon sehr. All überall auf den Häuserspitzen sah ich bunte Lichtlein flitzen. Und hie und da, man glaubt es kaum, da brennt sogar der Wohnungsraum. Auch die Pratzen und die Finger – lustig fliegen diese Dinger! Und droben aus dem Himmelstor sieht mit großen Augen das Christkind hervor. Denkt: Ei der Daus und sapperlot, Menschenskinder, seid ihr flott!«

Wenn drauß' die ersten Raketen hochgehen und das dumpfe, trommelfellbetörende Krachen der Böller fröhlich erklingt, dann wundert sich doch so mancher erstaunte Bürger etwas. Denn der spektakuläre, scheppernde, unterhaltsame Zirkus beginnt mit jedem abgelaufenen Jahr früher. Kaum sind die explosiven Geschenke ausgepackt, wollen sie auch schon ausprobiert werden. Sei es zum Lob der Geburt unseres Herrn und seiner lieben Mutter Maria, sei es aus allgemeiner Lebenslust und -freude, sei es nur aus dem aufgestauten Übermut aufgeweckter Knaben – Hauptsache, es kracht gewaltig, und kunterbuntes Gelichter strahlt rauchend gen Himmel.

Der reichliche Munitionsvorrat, eigentlich zur feierlichen Freude für Silvester und zum Einstand für das neue Jahr bestimmt, muss schon umgehend getestet werden. Die Erwartungen an nagelneue zwölf Monate im Zukunftsnebel erweisen sich als mindestens so groß wie die selten ausbleibenden Enttäuschungen, welche im unausweichlich Kommenden lauern.

Glücklicherweise will aber so gut wie niemand die Macht und die Unzuverlässigkeit des Schicksals wahrhaben. Denn zunächst weihnachtet es ja sehr, Freude breitet sich aus, und dann wollen wir getrost weitersehen, was »das Neue« an wunderbaren Dingen alles so bringt.

Alle Sprengkörper-, Knall- und Raketengeschosslager wurden bestens gefüllt, und die Aufmerksamkeit sowie die Überraschungen sind in der staaden Zeit besonders stark gewährleistet. Die letzte bombige Kriegsweihnacht liegt zwar schon etwas zurück, aber Tradition und Erinnerung wollen auch ihren Platz im Ablauf der Epochen aufrechterhalten und gepflegt werden wie bei Veteranen, Gebirgsjägern und Russlandheimkehrern. Der Mensch und Normalverbraucher will seine Existenz auffällig mit Getöse untermauern und wenigstens etwas Aufmerksamkeit erringen. Die hohen Feiertage sind verrauscht, keinerlei deprimierende Stille darf nun plötzlich überhandnehmen. Da könnte man sehr schnell nachdenklich, vielleicht sogar trübsinnig werden.

Das weiß inzwischen auch der Zoll, auch wenn er ansonsten ziemlich zurückgestutzt worden ist. Die gehässig-gründliche Rucksackkontrolle von damals für harmlose, einheimische Bergsteiger, noch dazu von strafversetzten Zöllnern, ist äußerst selten geworden. Im Fall gefährlicher Böller, Krawallknaller und Raketen kann aber die geschrumpfte Behörde gar nicht früh genug eingreifen. Schnell ist wieder Hochsaison für die Einfuhr von illegalen Feuerwerkskörpern. Sie greift rigoros um sich. Fleißig produzierende Länder und Experten, bei denen hin und wieder ein ganzes pyrotechnisches Fabrikationsgelände samt näherer Anwohner mit gewaltigem Rumpeln in die Luft fliegt, setzen alle Jahre wieder auf gute Umsätze und lukrative Geschäfte. Mehr als 1,8 Tonnen an einfuhrverbotener Knall-

und Feuerwerksmunition haben unsere besorgten Prüfleute in einer Saison beschlagnahmt und eliminiert.

»Finger weg von nicht gründlich geprüften, nicht harmlosen pyrotechnischen Produkten!«, heißt es im doppelten Sinn. »Hohe Sprengkraft greift nach unser Leben und Gesundheit.« Sowohl Einfuhr als auch Anwendung sind deshalb strengstens verboten. Verstöße gegen Vorschriften des Sprengstoffrechtes werden unnachsichtig mit saftigen Geldbußen und Freiheitsentzug geahndet. Hierfür wurde vorsorglich und in deutscher Gründlichkeit extra ein Dezernat mit mehr als genügend kompetenten Mitarbeitern ins Leben gerufen.

Der Dezernatsleiter: »Solche Arbeitsplätze sind bestimmt weit sinnvoller als bei den liederlichen Autoabgasleuten und Manipulierern.«

Dennoch läuft der schwarze Handel weiterhin wie geschmiert, weil die Aussicht auf unvorhersehbare Abenteuer die Herzen verwegener Gemüter höherschlagen lässt. Der junge Mensch steht auf Abwechslung. Private, schneidige Autorennen auf belebten Straßen und Plätzen sind nur eine der vielen unterhaltsamen, nervenaufpeitschenden Möglichkeiten. Die paar Kollateralschäden kann man da schon leicht verkraften. Und wenn er nicht erwartungsvoll stundenlang in sein Smartphone starrt, will er wenigstens anderweitig seinen Erlebnishunger stillen. Das alte Jahr soll sozusagen mit Pauken und Trompeten, das heißt mit gehörigem Rums und Knall, Schall und Geblitze in die Annalen der Vergangenheit eingehen.

»Wir sind doch nicht im Krieg!«, meint dazu Herr Doktor Heribert Pframmerl von der BAM. Damit ist die Bundesanstalt für Materialforschung und deren Prüfung gemeint. Verschämt versteckt er die linke Hand hinterm Rücken, während er vor die Presse tritt oder kundige Vorträge über die gründliche Testung illegaler pyrotechnischer Produkte aus Tschechien oder China hält. An seiner Linken sind nämlich ein paar Finger zu wenig dran. Er weiß, worüber er referiert. »Diese Länder entwickeln ein besonders gefährliches Zeug«, bemerkt er überzeugt. »Immer wieder tauchen bei uns brisante illegale Kanonenschläge und Sprengkörper auf.«

Seine Abteilung ist zuständig für die Genehmigung der gefährlichen Ware. Es ist nun schon einige Zeit verstrichen, seit er als Praktikant einen tieferen Einblick in die Auswirkungen von unzulässiger Sprengkraft erhalten hat. Die Versuchsabteilung wurde ihm zum Verhängnis. Er zündelte und experimentierte nämlich für sein Leben gern. Damals war er zwar auch schon besonders gescheit in den Fächern der Physik und der Chemie. Doch ein anderes Defizit, sei es in puncto Sicherheit, Vorsicht oder Schlauheit, hatte sich unangenehm ausgewirkt. Seitdem besitzt er zwar nicht nur zwei linke Hände, wie man so sagt, aber als Linkshänder fehlt ihm eine gewisse Vollständigkeit der naturgegebenen Schöpfung.

Dieser emsige Dr. Heribert Pframmerl von der BAM wollte sich bei einer wohl beleumundeten Wahrsagerin am Ende des alten Jahres noch schnell verlässliche Auskünfte für das neue abholen.

Sie, die attraktive Zigeunerin, blickte in eine Kristallkugel aus Plastik und murmelte tiefgründig: »Zeigen Sie mir Ihre linke Handfläche. Ich möchte darin lesen.« Da bemerkte sie, dass zwei Finger fehlten. Und wie der realistische Zufall so spielte, prophezeite sie warnend: »Die Finger weg von pyrotechnischen Spielereien und Böllern sowie Raketen, sonst sind die restlichen auch noch beim Teufel!«

Und weil sich der Herr Doktor Heribert in letzter Zeit etwas Sorgen um seinen lieben Sohnemann gemacht hatte, erkundigte er sich vorsorglich: »Unser Bub hat plötzlich buddhistische Anwandlungen bekommen. Manches Mal schleicht er, angetan mit einem orangefarbenen Nachthemd, wie ein Traumwandler umher. Er meditiert auch bewegungslos sehr viel in den Tag hinein.« Dann gibt sich der gute Vater Pframmerl sogar etwas lyrisch: »Arbeiten und Lernen sind bei ihm offensichtlich in weiten Fernen. Was kann man da tun? Er sitzt meist ganz verzückt da und blickt irgendwohin, ich glaube, ins Nirgendwo. Das macht uns wirklich Kummer!«

Darauf die weise Frau: »Seien Sie doch froh. Allemal ist das bei Weitem besser, als wenn er nix tun würde! Machen Sie doch mit! Wie heißt es doch so schön und weise bei diesem renommierten alten Chinesen: Wenn nichts geschieht, wird sich alles zum Guten wenden. Ist das nicht der allerbeste Spruch, den man sich fürs neue Jahr wünschen kann?«

Eine hübsche, tüchtige Frau stand an der Seite von Doktor Heribert, und sie verkörperte als gute Seele einst die wichtigste Bürokraft in der BAM. Bei einer ausgelassenen Weihnachtsfeier und bei üppig fließendem Prosecco waren sie sich ziemlich nähergekommen. Damals konnte ihm ein gewisses Talent zur Verführung nicht abgesprochen werden, obwohl sein

Äußeres etwas verstaubt und beamtenartig daherkam. Auch wenn er nicht auf den Kopf gefallen war, hatte sein Gesicht doch etwas Plattes, Rechteckiges wie bei einem Fernseher.

Inzwischen war nun der recht stramme Bub aus der glücklichen Beziehung sogar zur höheren Schulart herangereift. Als richtiger Treibauf versteckte er manche kleinen, aber unredlichen Geschäfte vor seinen sorgenden Eltern. Vor allem der strenge Vater durfte vieles nicht wissen. Aus dunklen Quellen, genauer, aus dem angrenzenden Tschechien, bezog er zum Beispiel von einem gönnerhaften Schulfreund neben etwas Hasch auch ein größeres Kontingent an Knall- und Feuerwerksraketen für die anstehende Jahreswende.

Rechtzeitig zur Silvesterfeier trafen sich die jungen Leute erwartungsvoll und partymäßig sowie ausgiebig zum ausgelassenen Feiern. Verbotene Kanonenschläge und wirkungsvolle Raketen mit lautem Pfiff, Donner und dumpfem Knalleffekt kamen zum fröhlichen Einsatz – gemeinsam mit dem einen oder anderen leichten Drogencocktail. Vom Alkohol befreite Flaschen zersplitterten. Fehlgeleitete Raketen sausten um die Ohren herum.

Bereits kurz bevor das neue Jahr nachdrücklich eingeläutet wurde, kam auch der Krankenwagen zum Einsatz. Nicht nur leichte Splitterwunden waren zu beklagen. Der Notarzt stellte angesichts des Burschen im orangefarbenen Nachthemd ungerührt fest: »Noch einmal gut gegangen. Bis auf Verbrennungen zweiten Grades an Händen und Gesicht und einem Finger weniger sind Sie doch noch einigermaßen davongekommen.«

Die besorgte Mutter meinte später nachdenklich am Krankenlager: »Bis auf das Nachthemd wirst du deinem Vater immer ähnlicher.«

Ein neues Hüftgelenk zum Feste

Noch gar nicht so lange ist es her, da konnte man von einem künstlichen Hüftgelenk nur träumen. Auch noch Jahrhunderte nach dem finsteren Mittelalter beschränkte sich die ärztliche Versorgung ziemlich lange auf den Einsatz von Quacksalbern und Badern. Sie quälten die Leute zwar erheblich und mit wenig Ahnung, aber dafür mit großem Fleiße und Ausdauer. Von einer Narkose konnte man damals weit und breit nichts vernehmen, selbst das Lachgas hatte man noch nicht erfunden. Da war der Jammer groß. Beliebt waren sie keineswegs, diese Spezialisten. Doch wo sollte man denn sonst hin?

Und sogar noch in unserer Zeit war es zunächst ein Erlebnis und ein Abenteuer, wenn der Chirurg mit dumpfen Hammerschlägen, starker Betäubung sowie hoffentlich steriler Beinsäge zur Erneuerung schritt. Heutzutage lacht der Patient schon bald nach der Operation wieder aus vollem Halse.

Wie ich selbst bezeugen kann, war ein guter Freund bereits nach wenigen Wochen in den Weihnachtsferien wieder auf der Skipiste, aber auch im steilen

Berggelände tourenmäßig unterwegs. Seine Aussage: »Super! Da merkst du so gut wie kaum etwas. Ich hab jetzt zum zweiten Male einen nagelneuen Ersatz erhalten. Weit besser als das abgenutzte ›Glump‹ von einer eigenen, kaputten Hüftkugel aus der Natur! Je steiler der Hang, desto leichter stehe ich wieder auf. Nur im flacheren Gelände geht es mir wie einer Schildkröte, die auf dem Rücken zappelt. Da hilft mir dann meine liebe Frau wieder in die Höhe. Die hat lediglich kürzlich ein neues Knie aus haltbarem Titan bekommen.« So boomt heutzutage die medizinisch-implantative Versorgungskunst bis in ungeahnte Höhen immer weiter.

Aber nicht immer ging die Sache so gut aus. Die anfänglichen Versuche in puncto Hüftgelenk oder Knie auf künstlicher Basis wiesen noch lange Mängel sowohl beim Material als auch beim Fachmanne am Operationsgerät auf. Praxis, Erfahrung wie auch die Entwicklung rostfreier Gelenkteile sollten erst so nach und nach aus den Anfangsschuhen herauskommen.

Ein anderer guter Freund und echter, bayerischer Dorfwirt musste mit schlechten Erfahrungen und langen Aufenthalten in entsprechenden Institutionen, Arbeitsräumen von Chirurgen und Recreationinstituten vorliebnehmen. Seine Schilderungen vom Krankenbett und den Zuständen dieser gesamten damaligen Unternehmung bringen selbst heute noch auch beim abgebrühtesten Zuhörer umgehend die Haare dazu, sich zu sträuben. Dagegen entpuppen sich selbst die schlimmsten und unheimlichsten Märchen der Gebrüder Grimm als probates Einschlafmittel. Noch heute muss er, der Dorfwirt, leider seine

Fortbewegung mit mindesten einer Krücke unterstützen, obwohl er inzwischen seinen Frieden mit den unsäglichen Erlebnissen geschlossen hat.

Zum einen hatte die einzige Spezialklinik in der gesamten Umgebung alles andere als einen guten Ruf. Und dann grassierte damals eine nicht gelinde Korruption in Bezug auf die künstlichen Ersatzteile. So mancher Experte, aber auch ganze Administrationen und Institute bereicherten sich an den neuen Metallhüftknochen. Unser guter bayerischer Dorfwirt hatte das Pech, dass die Kugelgelenke in größerer, preiswerter Menge, aber leider in kleinen Größen mit erklecklichem Verdienst eingekauft worden waren.

Nun war aber der gute Mann von stattlicher Statur und großem Knochenbau. Nichtsdestotrotz verbaute man mehr oder weniger geschickt das viel zu kleine Teil in seinen Bewegungsapparat hinein, das konnte ja gar nicht gut gehen. Die Gelenkpfanne war zu groß. Das Metallteil machte sich umgehend selbstständig. Und so sollte die Leidenszeit schnell einen bösen Anfang nehmen. Zwei weitere, dadurch ebenfalls verpfuschte Hüften teilten das Krankenzimmer mit dem aufgebrachten Dorfwirt. Zur Zunahme des Zorns trugen nicht zuletzt eine bissige Krankenschwester, die Marie, und ein ziemlich grob gestrickter Pfleger, der Kilian, bei. Die drei enttäuschten Patienten schlossen sich zusammen und bildeten eine starke Opposition. Eine kleine, aber gefährliche Bürgerinitiative entwickelte sich zu einem beachtlichen, beinahe kriminellen Aufstand. Vielleicht aber trug dieser sogar dazu bei, dass die Korruption sowie der

Mangel an Fachkenntnissen schneller eingedämmt werden sollten, als zu erwarten gewesen wäre. Denn der besagte Pfusch war keineswegs ein Einzelfall. Rund um die entsprechenden Krankenhäuser machten sich leider mehrere Unredlichkeiten bemerkbar.

Der Beginn des besagten Aufstandes erfolgte mit einer etwas angenehmeren Überraschung. Der Chef der hiesigen Brauerei erschien persönlich bei seinem besten Freund, dem Dorfwirt, im Haus des Leidenden am Krankenlager. Mit herzlichem Genesungsgruß: »Fröhliche Weihnachten und beste, baldige Gesundheit sowie ein Prosit für das neue Jahr«, führte er ein tröstendes Präsent mit sich: Er schleppte ein Tragl mit zwanzig Flaschen Weihnachtsbockbier mit.

Noch am Tag der Geburt unseres lieben Herrn lagen lediglich die leeren Flaschen als Zeugen von Frust und Wut verstreut im Zimmer umher. Als besagte unangenehme Krankenschwester Marie die Türe zwecks Beruhigung von Lärm und Krach öffnen wollte, flogen ihr mehrere leere Bierflaschen und eine Krücke entgegen. Aufgebracht schrie sie um Hilfe und nach Verstärkung. In Verbund mit dem groben Pflegeburschen Kilian stürmte sie nach schwerem Bewurf das Zimmer.

Die weihnachtliche Stimmung bewegte sich dann aber leider auf den Nullpunkt zu, nachdem auch noch eine Urinflasche geflogen kam. Gemeinsam beschlossen die beiden Pflegepersonalien, das renitente Volk einfach auszuhungern, wie das auch bei Burgbelagerungen im Mittelalter häufig gepflegt und erfolgreich durchgeführt worden war. Als jedoch zum vereinbarten Termin einer abendlichen Essensausgabe eine längere, eigenartige Stille ohne Verpflegung eingetreten war, stürmte die dreifache Mannschaft auf Krücken mit kräftigem Gebrüll und piratengleich die Krankenhausküche.

Das völlig überraschte Kochpersonal händigte den hungrigen Kombattanten widerstandslos die besten Speisen aus. Der Chefkoch meinte bekümmert, aber großherzig: »Ihr armen Teufel sollt doch auch was vom Leben haben!«

Da wurde frohgemut geschmatzt, gezecht und gerülpst, dass selbst der große Reformator und Freund von Natürlichkeit Herr Martin Luther seine wahre Freude gehabt hätte.

Der nächste Morgen, ein höherer Feiertag, brach friedlich an. Die gesamte Christenheit freute sich unter dem strahlenden Weihnachtsbaum. Das schlechte Gewissen von Arzt und Pflegemenschen zeigte sich dadurch, dass diese Leute ratlos entweder zu Hause unter dem Christbaum saßen oder ohne Verstärkung keinesfalls besagten Aufrührerraum betreten wollten.

Inzwischen konnte natürlich der Nachschub von alkoholischen Getränken und eine starke moralische Aufrüstung durch Bekannte und Verwandte, vor allem aus der bäuerlichen Dorfgemeinschaft, weihnachtlich-(feucht)fröhlich gefeiert werden. Die gesamte Jungbauernschaft rumpelte mit Bulldozerfahrzeugen heran. Zahlreiche Weihnachtsgeschenke wurden ausgepackt oder gleich entkorkt. Nicht nur die beschaulichen, andachtsvollen Lieder wie »Vom Himmel hoch« oder ähnliche erklangen, unterstützt von rhythmischen Krückenschlägen auf das recht spärliche Mobiliar. Der gesamte Aufruhr erreichte sozusagen einen feierlichen Höhepunkt.

Auch aus anderen Krankenzimmern wurde bereits Zustimmung und Unterstützung angeboten. Und als willkommene Weihnachtsengel erschienen die stämmigen Ehefrauen der leidenden Männer, bereit zu jedweder tätlicher Unterstützung. Solidarität ist eben die Wurzel aller revolutionären Bewegungen.

Die Dorfwirtsfrau erklärte aufmüpfig und im Einvernehmen mit den beiden Angetrauten der anderen zwei Hüftpatienten: »Diese arroganten Typen mit und ohne weißen Kittel sollen uns noch kennenlernen! Wir haben wirkungsvolle Übung und Erfahrung im Protestieren, schon, was die Diskussionen um den Milchpreis anbelangt!«

Als am folgenden Werktag die obligatorische Visite mit drei verschieden graduierten Ärzten und Pflegepersonalien im Hintergrund vorsichtig im Türrahmen erschien, wurden die Spezialisten mit einem ohrenbetäubenden Schnarchkonzert begrüßt. Alle Schlaf- und Schmerzmittel hatten nicht erreicht, was doch einfach zur seligen Entspannung der Situation beigetragen haben musste. Ziemlich vorsichtig schlich sich das Triumvirat samt Fieberkurventabellen und Beruhigungsspritzen wieder aus dem Raum, um die renitenten Patienten nicht für ein neues Ungemach aufzuwecken. Der eigentlich für die unheilvolle Misere verantwortliche Chefarzt hatte sich zunächst auf unbestimmte Zeit beurlauben lassen, weil inzwischen auch die Krankenkasse ihm sowohl hinsichtlich Bestechung und Korruption als auch, was den offensichtlichen Pfusch anbelangte, auf die Schliche gekommen war.

Eine vollständige Heilung und Bewegungsfreiheit im Hüftbereich wurde leider nur annähernd und nach schmerzlichen Prozeduren erreicht. Viel Zeit musste bis dahin verstreichen. Die drei aufrührerischen Musketiere waren aber als Vorkämpfer in puncto Gelenkigkeit sowie gegen Pfuscherei verbunden mit Korruption unersetzliche und unerschrockene Pioniere geworden. Ein imposantes Denkmal in Granit vor jeder Gelenkespezialklinik wäre das Mindeste, was man diesen tapferen Duldern als Wiedergutmachung widmen könnte.

Der einigermaßen geheilte Dorfwirt: »Da spricht man immer von ›verpflichtender Kunstkultur vor öffentlichen Gebäuden‹. Es wäre wirklich an der Zeit, dass die dornenreiche *Kunst* am Hüft- und Kniegelenk durch tapfere Pioniere, wie wir drei es waren, bildhauerisch vor jeder Fachklinik als mahnendes Denkmal errichtet wird. Aber bitte: Zur starken Nachdenklichkeit und symbolisch müssten wir mit überdimensionalen Krücken ausgerüstet dargestellt werden.«

Die Anfrage des Brauereidirektors auf Werbemöglichkeit im Klinikgelände für seine nachweislich bekömmlichen Starkbiersorten wurde leider negativ beschieden.

Der Antizykler

Die üppige Zeit naht verführerisch, sobald die Aussicht auf Festessen, Weihnachtsbraten, feine alkoholische Getränke und allerlei Süßes die dunklen Tage erträglicher machen. Der Adventskranz strahlt allenthalben frohe Erwartung sowie Hoffnungsschimmer in die gute Stube. Sogar der Hund merkt, dass etwas Erhebliches bevorsteht. Er jault und knurrt zuversichtlich, weil er instinktiv ahnt: Es wird sich was Besonderes ereignen, und sei es nur ein mehrfaches, außertourliches, schmackhaftes Weihnachtsfressen.

So mancher brave Bürger jault und knurrt zwar nicht, freut sich aber auch in diesen festlichen Tagen erheblich auf die üppigen Angebote. Es naht aber dadurch auch leider schneller als gedacht der sogenannte Winterspeck. Körperumfang und Pfunde zeigen einen unerwünschten Aufwärtstrend. Da steigt man ungern auf die Waage hinauf – und wenn doch, dann möglichst unbeobachtet. Vielleicht kommt das alles daher, dass man in der dämmrigen Jahreszeit träger agiert und im wahrsten Sinne des Wortes auf die Bewegungsfreiheit weit weniger Gewicht gelegt wird.

Auf der anderen Seite wird das Gewusel und Gedränge nicht nur auf den Weihnachtsmärkten immer beängstigender. Oft dreht sich dann schon nach fünf Gläsern alles im Kopf herum, wie das Kinderkarussell neben den Glühweinständen, Maronibratern und den in Reih und Glied ausgerichteten Ramsch-Hütten voller Christbaumanhängsel und Kripperlfiguren. So mancher schlaue, gestresste Einheimische legt sich da lieber nach Möglichkeit auf die faule Haut. Geschäfte, Straßen und Plätze, ja, der gesamte Lebensraum gleichen nämlich zusehends einem Bienenhaus und dem dazugehörigen Schwarm.

Mit zunehmendem Zeitdruck, doch auch dem nötigen Bedacht, überprüft aber selbst der sonst gleichgültigste Konsument noch schnell seine Besorgungen bezüglich überkommener Geschenkekultur und Verpflichtungen, bevor er sich wieder niedertut. Unter weihnachtlichem Zugzwang durchstreift er verzweifelt die vollen Läden, überdenkt seinen Vorrat an fälligen Präsenten und wünscht sich endlich ein paar staade heilige Tage. Doch die heftige Unruhe lässt sich nicht so leicht abschütteln. Die unerbittliche Verfolgungsjagd kann sogar bis in die Träume hineinreichen.

Ein Künstlerfreund und Maler von eindrucksvollen, größerformatigen Bildern in Öl, Romantik und Acryl, der Barthel, weicht dieser Ansammlung und Häufung von Unruhe schon mit Beginn der adventlichen Einstimmung weiträumig aus. Durch die sakrale Musikberieselung aller Orten und wegen des Geflimmers, das überall die Nacht zum Tag erleuchtet, ist er sogar allergisch dagegen geworden. Sein Entschluss: »Ich setze mich umgehend ab.«

Er hat glücklicherweise einen guten Freund, den Vasili. Also eigentlich schon mehrere, sogar ein paar Freundinnen. Aber auch wenn er nicht gerade zum Einsiedler geboren ist, zieht er es vor, um diese Zeit eine heilsame Einsamkeit im entfernteren Griechenland aufzusuchen. Besagter Freund ist ein stiller, aber kreativer Maler und Olivenbauer sowie Ziegenbesitzer in recht abgelegenem Terrain unter den mystischen weißen Bergen auf Kreta. Kennen- und schätzen gelernt haben sich die beiden auf einer Bildpräsentation von dem Barthel seinen Bildern in der Hauptstadt Athen. Und schon des Öfteren half ihm der Barthel als willkommener Freund tatkräftig bei der Olivenernte.

Auch auf der ganz weit unten südlich gelegenen Insel Kreta mitten im Mittelmeer schneit es da im Dezember oder Januar schon manchmal bis fast ins Tal hinab. Hin und wieder muss man vorsorglich die Temperatur notwendigerweise etwas aufmöbeln, um nicht so nach und nach blau anzulaufen. Duftendes Krüppelholz und Macchienzweige verbreiten Wärme und ein unnachahmliches Flair aus dem einfachen offenen Kamin. Absolute Stille sowie echte, weihnachtliche Besinnung erfüllen das massive, steingemauerte Wohngewölbe. Eine kleine Pinie mit drei brennenden Kerzen und irgendwo zufällig gefundene, dekorative rote Schuhbänder erinnern festlich an die weihnachtliche Zeit. Denn schon ist wieder *»Christujenna«*, der hier so geheißene Heilige Abend, eingetroffen. Der Vasili als einigermaßen frommer, orthodoxer Christenmann hält schlicht aber traditionell fest am überlieferten, feierlichen Spiel seiner Vorfahren. Sie trinken herben Naturwein und verzehren dazu nicht nur Oliven und Knoblauch, sondern auch die schmackhaften »*Kourabiedes*«, ein spezielles, feines Backwerk, das den hierzulande bekannten Vanillekipferln ähnlich ist.

Am ersten Weihnachtsfeiertag beschließen die beiden, einen Eremiten in dessen abgelegener Klause zu besuchen. Nach knapp zwei Stunden mit anstrengendem Wandern durch verhangene Atmosphäre, meckernden, plötzlich aus dem Nebel auftauchenden Ziegen und kräftig blasendem Wind erreichen sie die Einsiedelei nebst Kirchlein unter den Felswänden. Nicht einmal die Türken sind während der kriegerischen Auseinandersetzungen damals bis hier herauf vorgedrungen.

Der Vasili zieht wiederholt am Strang für die Glocke im Torbogen. Es bimmelt dünn und eintönig durch die Stille. Nach einiger Zeit – Eile ist hier oben überhaupt nicht geboten – schlurft ein schwarz gekleideter Mensch – der schwere Rocksaum schleift über den Boden – mit ofenrohrartiger Kopfbedeckung aus dem betagten, mit Schnitzornamenten verzierten Tor hervor. Trotz der offensichtlich kargen Umgebung und recht einfacher Kost gleicht der gute Mann einem gewissen Oblomov, den der russische Dichter Gontscharow als ziemlich beleibten Menschen beschreibt. Und weil in dieser Gegend anscheinend die Auswahl der Namen nicht sehr umfangreich ist, können die beiden Künstler einen weiteren Vasili begrüßen. Vasili und Vasili kennen und schätzen sich schon seit Langem, wie das unter Gleichgesinnten auch kein Wunder ist. Kultur und Sympathie haben keinerlei Landesgrenzen.

Der Eremit, höchstwahrscheinlich ein vergessener Mönch, packt aus. Zunächst etwas Ziegenkäse, Oliven und hart getrocknetes Brot. Und dann, bei einem großen, mit harzigem Weißwein gefüllten Krug, auch seine kurze Lebensgeschichte. Weil er einen deutschen Großvater hatte, spricht er fast einwandfrei dessen Sprache: »Da gibt es nicht viel zu erzählen. Seit etwa dreißig Jahren bin ich hier oben. Meine Kirchenoberen waren vor ungefähr drei oder vier Jahren das letzte Mal hier. Sie haben mich anscheinend so nach und nach vergessen, doch das ist mir gerade recht. Ich lebe nicht schlecht hier, lese jede Woche mindestens ein philosophisches Buch, und ein paar meiner gläubigen Schafe bringen ab und zu schmackhafte Fressereien sowie Wein vorbei. Dafür dürfen sie dann ihre Sünden bei mir beichten, und ich gebe ihnen nützliche Ratschläge mit auf den Weg, wie sie den Teufel und seine Kameraden nachdrücklich austricksen können. Ihre Verfehlungen sind aber immer leichteren Kalibers. Nur einmal wollte einer in seiner Wut einen erträumten Mord an einem Steuerbeamten beichten, den er aber dann doch vorsorglich nicht begangen hatte. Mir mangelt es an überhaupt nichts. Außerdem wachsen mir aus dem Garten mehrere Gemüsesorten und Kräuter in den Suppentopf hinein.

Mein Großvater war ein deutscher Soldat und trotzdem anständig, weil er dann als Deserteur hiergeblieben ist. Ich selbst lebte später einige Jahre in Deutschland bei Verwandten, bis mir die Hektik und die Jagd nach Mammon und Besitz zu bunt geworden sind. Es erfolgte für einige Jahre auf Athos meine

Ausbildung und Weihe zum orthodoxen Mönch mit spartanischem Klosterleben. Dann übernahm ich die Einsiedelei. Seither habe ich hier meine totale Ruhe und Lebenserfüllung gefunden. Jetzt bin ich sozusagen ein armer Reicher.

Früher wurde ich noch manchmal in eines der nächsten Dörfer im Tal geholt, für eine Taufe oder Predigt. Einmal konnte ich sogar den Bund zu einer Ehe besiegeln. Für die Scheidung, die schon nach einem halben Jahr stattfand, war ich dann nicht mehr zuständig. Aber auch die paar verbliebenen Leute sind nach und nach in die Stadt gezogen. Heute schweben nur noch der Geist und die Erinnerungen durch die verfallenden Gebäude.

Wenn mir danach ist, gehe ich hinab in die stille, leere Kirche. Da horcht mir niemand zu, und ich kann den nicht vorhandenen Gläubigen so richtig die Leviten lesen oder philosophische Lektionen verkünden. Danach wandere ich total erleichtert wieder heim.

Einmal haben sich ein paar exzentrische Touristen dorthin verlaufen. Ich habe sie gar nicht bemerkt, obwohl sie zwischendurch angeblich mit vernehmlichem Lachen auf meine Brandpredigt reagiert haben sollen. Am Ende meiner etwa vierstündigen, tiefgründigen Ausführungen wollten sie mich für einen Kabarettpreis in Bayern vorschlagen. Es waren einflussreiche Kulturfreunde und Theatermanager. Ich habe spontan abgelehnt.«

Im Laufe des Besuchs stellt sich heraus, dass unser lieber Eremit in jeder Hinsicht ein Sonderling geworden war. Wie jeder einigermaßen christlich geprägte

Mensch weiß, der orthodox, alt- oder sonstwie katholisch, aber auch evangelisch aufgezogen wurde, beträgt die Fastenzeit stramme vierzig Tage. Schon der gute Moses auf dem Sinai, der Prophet Elija in der Wüste, ja, sogar Herr Jesus persönlich fasteten damals genauso lange, um dem Bösen ein Schnippchen zu schlagen. Das hat sich heutzutage vom Aschermittwoch bis zum Karfreitag weitervererbt und ist eine gute Möglichkeit, zielsicher, fromm und gläubig das Gewicht zu reduzieren. Nicht so beim vergessenen Mönch, dem Vasili.

Er meint dazu: »Ich faste den ganzen Advent einschließlich dem zweiten Weihnachtsfeiertag, auch wenn mir da die meisten Schmankerl und Fressalien gebracht werden. Ich bin ja schon umfangreich genug. Und die moderne Fastenspinnerei bezogen auf Fernsehen, mobiles Telefon, Computermissbrauch und sonstige Enthaltsamkeit punktet bei mir überhaupt nicht. Wo kein Strom vorhanden ist und das Vergnügungsviertel mit Rotlichtmilieu fehlt, da ist auch keine entsprechende Versuchung möglich.«

Anna Hosi und die friedliche Weihnacht

Bis in die Zeit nach dem letzten Weltkrieg gab es im Südtiroler Vinschgau noch abgelegene kleine Dörfer oder Weiler, zu denen nur steile Eselspfade hinaufführten. Sie waren damals recht weltabgeschieden. Die karge Gegend hinter Meran bis zum Reschenpass hoch und die wilde Gebirgslandschaft mit dem König Ortler als beinahe Viertausender zur Krönung war in den 50er- und 60er-Jahren des vorigen Jahrhunderts auch Rückzugsgebiet für die BAS-Leute vom Befreiungs-Ausschuss Südtirol um den kühnen Anführer Sepp Kerschbaumer.

Als Kämpfer für die Autonomie von Südtirol hatte er auch Mithelfer oben in Kuhdatsch, einem dieser abgeschiedenen Weiler. Dorthin verschwanden nämlich immer wieder mehrere freiheitsliebende Burschen nach den Anschlägen – nicht nur, weil sich da hinauf die Verfolgung durch die Carabinieri kompliziert und mühsam gestaltete. Die Attentäter waren auch vorsichtig und schlau. Worauf der freiheitsliebende Kerschbaumer großen Wert legte: Menschen kamen bei den Auseinandersetzungen erst später zu

Schaden, als der Kerschbaumer nicht mehr lebte und der italienische Staat noch lange unnachgiebig und brutal die Südtiroler drangsalierte.

Einer der eifrigsten Strommastensprenger und Aufrührer war der Hosi-Sepp aus Kuhdatsch. Er soll auch maßgeblich daran beteiligt gewesen sein, als das übergroße Reiterstandbild und Denkmal eines protzigen, stolzen Diktators namens Mussolini, der lächerliche Aluminium-Duce, stante pede in die Luft fliegen musste. Noch heute feiern die heimatverbundenen Waidbrucker Südtiroler nicht nur heimlich dieses Event. Seit er, der Hosi-Sepp, aber verheiratet war und die früher schon unehelich geborene Tochter Anna im neuen Hausstand lebte, war er recht vorsichtig geworden. Er wollte seine Familie so gut wie möglich nicht gefährden.

Sein neues Motto: »Ich muss schon um meiner lieben Tochter willen äußerst vorsichtig zu Werke gehen. Sie soll den Vater nicht im Gefängnis besuchen müssen. Trotzdem werde ich nach wie vor das Fähnlein der Freiheit hochhalten.« Die scharfen italienischen Behörden konnten ihm glücklicherweise bisher nichts nachweisen. Und so sollte es auch bleiben.

Erneut waren einige Strommasten mir nichts, dir nichts in die Luft geflogen, um die italienische Vorherrschaft weiter zu bedrängen. Im vorweihnachtlichen Schneesturm entkamen die Attentäter wieder einmal knapp und unerkannt, obwohl eine Carabinieri-Einheit unmittelbar nach der Detonation zur Stelle war. Erneut sollte ein trauriges Kapitel so einen mühsamen Einsatz beinahe schwer gefährden, denn ein heimlicher Spitzel und abgründig schlechter

Landsmann hatte den Anschlag kurz vorher heimtückisch verpfiffen.

Die Verrätertragödie und schäbige Tat um den Freiheitsmann Andreas Hofer konnte ihn offensichtlich auch nach der heldenhaften Verehrung durch die vaterlandsliebende Bevölkerung nicht beeindrucken. Sogar eine Malzkaffeesorte – der Bohnenkaffee war zu dieser Zeit noch unerschwinglich – wurde nach dem tapferen Freiheitskämpfer benannt. Es sollte der bekömmliche Andreas-Hofer-Feigenkaffee sein. So ein ehrendes Andenken ist in der Volksseele unverbrüchlich geblieben. Noch heute – der Bohnenkaffee hat zwar inzwischen längst seinen unaufhaltsamen Siegeszug angetreten – trinkt man aus alten, gehorteten, leider etwas muffig gewordenen Vorräten immer wieder in so mancher solidarisch denkenden Familie dieses ziemlich bekömmliche Gebräu.

Freilich wurde er, der Verräter vom Vinschgau, dafür auch noch gut bezahlt. Und schon hatte sich dadurch ein trauriger Fall von Judaslohn in die Annalen rigoros handelnder Sünder contra Vater- und sogar Mutterlandsliebe eingeschlichen. Der schäbige Lohn, ein trauriger Mammon, konnte leider beinahe wieder einmal einen niederträchtigen Siegeszug erringen.

Schon tags darauf, am 24. Dezember, stürmten drei dafür ausgewählte, zähe, mittelgroße tapfere Männer der italienischen Berginfanterie mühsam sowie fluchend den steinigen Pfad hinauf. Mit einem vom Südtiroler Bäcker widerwillig ausgeliehenen Esel, der die scharfen Waffen tragen musste, ging es nach oben. Es wurde dämmrig, es wurde Nacht, bis sie in

Kuhdatsch eintrafen. Schneetreiben setzte unerbittlich und dauerhaft ein, die Kälte biss sich in die Gestalten durch die dürftigen Uniformen hindurch.

Endlich bogen sie im unheimlich Finsteren um die letzten Felsbrocken, Latschendickichte und Zirben. Im gesamten Weiler erstrahlte lediglich ein einziges Botschaft kündendes, gesegnetes Lichtlein durch die kunstvollen schlanken Butzenscheiben. Aus dem Gotteskirchlein klang es feierlich mit weihnachtlichen Zithertönen und erheblichem Gesang. Nur die klagenden, durchdringenden Ausrufe des frierenden Esels drangen draußen durch die ansonsten unheimliche Stille hindurch. Die kleine Soldadeska war zermürbt. Sie sehnte sich endlich nach einem Ende der Strafexpedition und weihnachtlicher Ruhe. Doch sie musste unerbittlich ihre diffizile Aufgabe wahrnehmen. Die kalte Staatsräson hatte wieder einmal Vorrang.

Die wenigen Einwohner ahnten natürlich die Verfolgung und wussten sich als fromme Christenleute in dem lieben Gott seinem kleinen, aber geweihten Hause recht sicher. Und damit hatten sie eine gute Wahl getroffen. Denn die Carabinieri als echte römisch-katholische Italiener standen und stutzten zunächst hilflos vor der Kirche. Die paar kargen Bergbauernhäuser blickten feindlich, dunkel, abweisend und verschlossen aus ihren Fensterhöhlen heraus. Nur ein aufmüpfiger Hund bellte ihnen ins stärker pochende Gewissen hinein. Sie legten ihre Schussgewehre ab und lehnten sie vorsichtig an die Mauerseite. Ihr Anführer öffnete leise die schmale Portaltüre und schlich fast unhörbar mit seinen Leuten in den

Gottesdienst hinein. Nacheinander tippten sie in den Weihwasserkessel, bekreuzigten sich, machten einen Knicks vor den Altar hin, wie es das römisch-katholische Ritual erfordert, und standen unschlüssig da.

Der geistliche Prediger, ein verschmitzter Wandermönch aus Mals, begrüßte sie mit segnender Hand und lud sie ein, Platz zu nehmen. Auf Italienisch forderte er sie auf: »Wie jedermann weiß, seid ihr musikalischen, welschen Leute immer schon hervorragende Sänger vor unserem Herrn gewesen. Stimmet sofort mit ein in unsere Lieder zur Weihnachtsfeier!«

Und tatsächlich ertönten bald darauf schöne, tremolierende Tenorstimmen, wenn auch der Text etwas Schwierigkeiten bereitete. Mächtig erscholl unter anderen christlichen Weisen auch die bekannte Sache mit der Tochter von Zion. Vor allem das wiederholte »Hosianna« breitete sich erhaben, ja, beinahe überlaut, in dem kleinen Kirchlein aus, und das Echo tat das Übrige zur feierlichen Lobpreisung unseres Herrn und Meisters und seiner Wiedergeburt nach den mehreren Tausend Jahren.

»Hosi-Anna, Hosi-Anna, Hosi-Anna!« – so hallte es machtvoll durch das einzige Kirchleinschiff. Die sechsjährige Tochter des Attentäters und Bergbauern Sepp Hosi sang überglücklich und natürlich besonders laut mit. Denn da war ja sie, die Anna, vom gütigen, lieben Gott persönlich angesprochen. Ihre Mutter, die fleißige Bergbäuerin, seufzte glücklich, und ihr sonst so kühner, kaltblütiger Vater und Aufrührer freute sich über alles: mit glänzenden Augen.

Inzwischen schlich sich der schlaue Mesnergori zum Hintereingang hinaus und konnte die drohenden

Waffen vorsorglich sowie unbemerkt in das Beinhaus schaffen. Im Einvernehmen mit dem Mönchprediger aus Mals und weil er es selber faustdick hinter den Ohren hatte, wurde dieser Plan unnachsichtig und gründlich durchgeführt. Glücklicherweise steckten die guten Leute und Patrioten aus Kuhdatsch selbstverständlich unter einer und derselben Decke. Kein einziger Verräter war hier beheimatet.

Hinter den Totenschädeln, Rippen und Schenkelknochen sowie Schienbeinen waren die gefährlichen Krachmacher besonders gut aufgehoben. Doch so eine weihnachtliche Lobpreisung geht ja früher oder später auch einmal zu Ende, obwohl sie der wissende Geistliche endlos lange hinauszögerte. Immer wieder gab er den Einsatz für das erhebende und verbindende »Vaterunser« und nicht minder oft für das liebevolle »Gegrüßet seist du, Maria, voll der Gnade, der Herr ist mit dir«.

Diese Grüße, verbunden mit inbrünstigen, heimlichen Bitten, sollten aber nicht unverhallt oder gar unerhört bleiben. Ganz im Gegensatz zu den unerfüllten, flehentlichen Bitten an die Himmelsmutter eines viel bedeutenderen, einmaligen Freiheitskämpfers und Patrioten, dem unvergessenen Hofer-Anderl. Mit erneutem weihevollem Gesang und Zithermelodien konnte auch wieder ein zusätzliches Viertelstündchen gewonnen werden. Es wurde aber dadurch wie beabsichtigt natürlich immer später, immer später, immer später.

Als die tapferen Carabinieri weit nach Mitternacht ihre fromme, mitgläubige Phase beenden mussten – der Mönch gab ihnen gern noch die heilige Kommunion in Form des überlieferten Mannas und sogar mehrerer kräftiger Schlucke vom roten Messwein auf den Weg mit – marschierten die geläuterten und gesegneten Leute schnell zu ihren Waffen. So dachten sie recht selbstverständlich und arglos.

Aber sprachlos sowie ratlos starrten sie zunächst auf die leere Kirchenwand. Dann brüllte der Kommandant, jetzt wieder völlig nüchtern, jedoch bereits etwas deprimiert, auf Italienisch sowie mit sich überschlagender Tenorstimme durch die Gegend, dass es nur so von den Bergwänden widerhallte. Ohnmächtiger Zorn und Verzweiflung erschütterten die armen Tenoristen, während die tapferen Dorfbewohner sich heimlich ins Fäustchen lachten.

Die Männer der italienischen Staatsmacht holten umgehend den guten Wandermönch befehlend und ohne großes Federlesen aus der Sakristei herbei, der trank gerade genüsslich die Messrotweinflasche leer. Schmunzelnd und unverhohlen machte er ihnen klar, dass sie ihre Bewaffnung nur dann wiederbekämen, wenn man die ganze Sache mit den Anschuldigungen und der Strafexpedition vergessen könne.

Die frustrierten Carabinierileute schnüffelten noch geraume Zeit durch das Dörfchen, drangen suchend in die ärmlichen Bergbauernhäuser hinein und wieder heraus. Doch die Gewehre blieben verschollen. Nur ein einsamer Südtiroler Schäferhund bellte klagend in das Gewissen der frustrierten Staatsbeauftragten hinein.

Endlich einigte man sich, auch schon wegen der weiter zunehmenden Kälte – inzwischen bereits so um die zwanzig Grad minus – auf einen tragbaren

Kompromiss. Der leutselige und auf Ausgleich erpichte geistliche Gottesmann aus Mals lud sie in die warme Sakristei ein. Sein Vorrat an Messwein, noch dazu einer vollmundigen Spätlese, ließ die düpierten Carabinieri alsbald ihren doch etwas unangenehmen Auftrag vergessen. Das fatale Blatt wendete sich so nach und nach zum Guten hin, eine mehr und mehr zunehmende Heiterkeit griff unausweichlich um sich. Zunächst schüchtern, aber so allmählich inbrünstig gaben die unfreiwilligen Besucher so manchen neapolitanischen Gassenhauer mit Choruntermalung der unentwegten Südtiroler Freiheitskämpfer zum Besten. Und alsbald erklangen auch die bekannten, markigen Alpinilieder des allseits berühmten Trientiner Bergsteigerchores, besonders »La montanara«, das Lied der Berge. Sie, die welschen Besucher, erhielten ihre Schießprügel im Morgengrauen wieder ausgehändigt. Freilich waren die gefährlichen Kugeln der Munition inzwischen entfernt und vergraben worden.

Es ist aber glaubhaft überliefert, dass die besänftigten Beauftragten der italienischen Staatsmacht nach der weitgehenden Autonomiegenehmigung für das aufatmende Südtirol öfter mit ihren Familien ein bestimmtes Urlaubsziel im Vinschgau aufsuchen. Dabei handelt es sich um das mit der Zeit größer gewordene Dörfchen Kuhdatsch. Die Freunde und inzwischen längst vergessenen Feinde aus Neapel können jetzt auf einer gut ausgebauten Asphaltstraße sowie ohne Esel oder Maultiere von Meran her kommend fröhlich hier eintreffen. Sie genießen zum Beispiel ihre Ferientage des Ferragosto in der bekömmlichen

Bergluft. Da erklingen dann des Abends bei vielen Flaschen würziger Spätlese frohe Gassenhauer aus Napoli sowie immer noch leicht schwermütige Jodler mit Südtiroler Akzent. Witze werden erzählt, wie der bekannte von dem Carabinieri, der zwei Handgranaten aus dem Ersten Weltkrieg in den Dolomiten findet.

Auf die Frage: »Was hat er denn damit gemacht?«, ist die Antwort: »Er liefert sie ab nach Rom in die Hauptstadt.«

Die skeptische Frage darauf »Das scheint mir aber sehr weit zu sein. Was ist, wenn eine unterwegs explodiert?«

Die logische Antwort: »Dann sagt er einfach, dass er nur eine gefunden hat.«

Und weil die Italiener oft kleiner als so ein Südtiroler Bergbauernbengel sind, mussten sie schmunzelnd eine weitere humorvolle Lustigkeit über sich ergehen lassen:

»Warum sind die Carabinieri aus Napoli ziemlich klein? Weil die Mama ihnen gesagt hat, dass sie arbeiten müssen, wenn sie groß geworden sind.«

Die hübsche Anna Hosi ist inzwischen unaufhörlich und ansehnlich zu einem hübschen Mädel herangereift. Sie bewirtet als resche Kellnerin sämtliche lustigen Freunde und Gäste im einzigen Gasthof. Ihr Mann schaut hin und wieder als Beinahe-Gourmetkoch von Schlutzkrapfen und ähnlichen derben Spezialitäten aus der Küche hervor. Das alte Kirchlein samt Gemäuer wurde aufwendig renoviert und erstrahlt heute in frischem Glanz und Gloria. Das Beinhaus wird inzwischen nur noch als Messweinlager verwendet. Sämtliches Gebein wie Totenschädel, Rippen und Schenkelknochen sowie Schienbeine ruhen nun in einem Massengrabe auf dem hier liebevoll sogenannten Gottesacker.

Der Wandermönch aus Mals fungiert inzwischen als stolzer Bischof, und an jedem Weihnachtsabend predigt er feierlich, aber auch verschmitzt sowie mit einem kräftigen Augenzwinkern zur Christmette in Kuhdatsch. Dabei erinnert er genüsslich an den Streich, als die italienische Staatsmacht entwaffnet wurde. Er hat auch ein enges, bestes Verhältnis zu seiner Haushälterin, einer frischen, rüstigen Kuhdatscherin und Schwester der Anna Hosi.

Der unverwüstliche Kalender

Die Jahre kommen, die Jahre gehen, auch wenn niemand so genau weiß, wohin eigentlich. Kalender sein ist schlussendlich ein trauriges Leben. Kaum springt er frisch in den Januar hinein – die erbaulichen feierlichen Weihnachtstage sind vorbei –, entreißt man ihm gnadenlos am 31. Dezember den letzten Tag. Wie im Flug sausen an ihm und uns die Jahreszeiten vorüber. Und der Mensch wundert sich, wieso er gestern noch jung war, oft sogar auf Kindesbeinen herumgetollt ist, und heute mühsam am Stock daherkommt. Einzig einer hat da scheinbar gut lachen. Es ist der unentwegte, immer wieder verlängerte, unverwüstliche Hundertjährige Kalender.

Als Täter entpuppte sich der seit 1649 amtierende, umtriebige Klosterabt namens Moritz Knauer aus dem Zisterzienserkloster Langheim in Oberfranken. Kurz nach dem 30-jährigen Krieg, während dem sein Kloster mehrmals geplündert und sogar leicht gebrandschatzt worden war, verfiel er in schwere Depressionen. Vergeblich versuchten die anderen Brüder, ihn mit gregorianischen Chorälen aus dem Graduale wieder aufzumuntern. Die wunderbaren, stundenlangen Gesänge prallten leider unverrichteter Dinge an ihm ab. Jahrelang starrte er untätig beim Klosterfenster hinaus. Dabei fiel ihm so nach und nach einiges auf. Es deutete dabei alles auf das ständig wechselnde, launische Wetter hin, meteorologisch gesehen. Aber auch astrologisch-mythisch war er keineswegs unbedarft.

Grüblerisch murmelte er vor sich in seinen Rauschebart hinein: »Da muss man doch irgendwie ein System hineinbringen. Sonst hat ja auch fast alles seine gottgewollte Ordnung, oder?«

War zum Beispiel im Vorjahr der Dezember um die Weihnachtszeit beinahe frostfrei, stürmte und schneite es in diesem Jahr anno domini 1652 um die gleiche Zeit schon erheblich, und bei weit unter null Grad Celsius verbreitete sich sogar Zähneklappern. All das beschäftigte ihn umgehend sowie mehrere Jahre früher und später. Der gute Mann begann, die launischen Wetterkapriolen penibel schriftlich festzuhalten.

Doch nach sieben Jahren reichte es ihm vorläufig. Der Trübsinn verabschiedete sich aus seinem benebelten Geist. Das schlaue Mönchlein nahm die umfangreichen Aufzeichnungen, versah sie, periodisch gewürzt mit Sonne, Mond und Sternen, das heißt vor allem mit den Planeten, und fertig war das *calendarium oeconomicum practicum perpetuum*. Und weil ja die geniale Druckerkunst damals auch schon vor gut hundert Jahren erfunden worden war, konnte er bereits zum nächsten Weihnachtsfest seinen siebenjährigen Kalender frisch aus der Presse nicht nur für passable Geschenke, sondern auch mit guten Gewinnen losschlagen.

Vom sieben- zum Hundertjährigen Kalender war dann der Schritt doch etwas größer, und man kennt heute leider den Erfinder für diese bahnbrechende Tat nicht mehr ganz genau. Es soll aber eine weise Frau und Kräutersammlerin, die resche Samantha, die damals als Hexe galt, gewesen sein. Gern wurde sie vom Abt und Zisterzienser Moritz gesehen, wenn sie mit hochgeschürztem Rock im Klostergarten Gewürze, Gemüse und Kräuter zwecks gesundheitlicher, biologisch einwandfreier Lebensweise sammelte und in der Klosterküche nach dem Rechten sah. Ihr großes Vorbild soll eine gewisse Hildegard von Bingen gewesen sein.

Sie, die Samantha, wollte – mit Einverständnis des Herrn Abtes – mit den kontinuierlichen Aufzeichnungen dem leidenden Bauernvolk eine möglichst genaue, hundertjährige Wettervorhersage zwecks Aussaat, Ernte und Einweckzeit zur Hand geben. Dazu vervielfältigte sie einfach dem guten Abt seine peniblen Beobachtungen. Und wie man aus Erfahrung weiß, treffen doch ähnliche Wettersituationen immer wieder einmal ein.

Leider geriet sie unvermittelt in die Zielfahndung, sogar vom Bischof persönlich, als sogenannte Zauberin. Wahrscheinlich war er lediglich eifersüchtig auf den Abt Moritz und seine gute Beziehung zur hübschen Samantha.

Er soll höchstselbst genießerisch verkündet haben: »Diese sündige Weibsperson muss unbedingt hochnotpeinlich verhört und vom Satan befreit werden!«

Bevor ihr jedoch der Scheiterhaufen winkte, verschwand sie schnell noch mitsamt den Kräutern und mehreren Hundertjährigen Kalendern aus den Augen der inquisitorischen Kirchenoberen. Der ihr zugetane, fortschrittliche Abt protestierte vergeblich und verhalf ihr sogar zur überstürzten Flucht.

Doch die anderen Oberen einschließlich Bischof hatten dadurch voller Zorn und beschämt das Nachsehen. Die als weihnachtliche Volksbelustigung gedachte Aufführung kam ins Stocken. Sie standen unverrichteter Dinge und im Gebet gegen den Satan persönlich versunken vor dem akkurat errichteten Holzhaufen. Die kräuterkundige Zauberin war verschwunden, und zwar nicht auf einem Besenstiel Richtung Blocksberg zum Hexentreiben mit dem berühmten Hexenweibel Alois Sengespeck. Bekannt als Träger des silbernen Hexenhammers am Band war dieser berüchtigte Anführer von Satansgnaden in christlichen Kreisen besonders verhasst.

Schnell wurden einige Ministranten zwecks Ersatzsuche in die armseligen Bauernkaten beordert. Es mussten leider andere verdächtige, auch recht hübsche Weibspersonen sachgemäß gefoltert und anschließend verbrannt werden, um den Herrn Bischof zu befriedigen. Das Knistern und Prasseln gehörte damals in Kirchenkreisen sozusagen zum guten Ton.

Nur der Abt Moritz Knauer war längere Zeit traurig, weil die Samantha wegen des damaligen schlecht ausgebauten Postverkehrs leider nichts mehr von sich hören ließ. Immer wenn das melodische Gebläse des gebogenen Hornes vom lustigen Postillion erschallte, wartete er mit einigen Tränen in den blauen Augen auf Nachricht, doch jedes Mal wieder umsonst. Vergeblich wandelte er, ausgerüstet mit Brevier und Rosenkranz, durch den vernachlässigten Klostergarten sowie erneut schwer deprimiert auf und wieder ab.

Ihre verschlungenen Wege führten die entflohene Jungfrau unter anderem über den Kanal bis ins englische Cambridge hinüber. Dort, an der berühmten Universität, studierte gerade der momentan noch wenig berühmte spätere Master of Optik und Mechanik namens Isaac Newton. Wie die schöne Samantha und der markante, langhaarige und eigenwillige Isaac zusammengekommen waren, ist nicht genau überliefert, aber es war ungefähr so:

Der umtriebige Student und Nachwuchswissenschaftler vom Trinity College beobachtete gerade mit seinem ersten Prototypen eines Teleskops verschiedene Umlaufbahnen weiter draußen im Universum. Als späterer Bändiger der Lichtpartikel schweifte sein Blick forschend durch das All vom guten Mond über die Milchstraße bis ziemlich entfernt hinaus.

Zufällig schwenkte er dabei den Apparat auch in die Richtung einer einfachen, aber ordentlichen Herberge. In einem der vom Talglicht schwach erleuchteten Fensterhöhlen erblickte er verschwommen, aber verführerisch eine reizende, nicht allzu sehr bekleidete Weibsperson. Es war niemand anderes als die geflohene Samantha aus deutschen, oberfränkischen Landen.

Schwer fasziniert, und weil er sich einen weihnachtlichen Wunsch nach Zweisamkeit erfüllen wollte, lauerte er am nächsten Feiertag vor dem Eingang der Herberge. Angetan mit Ausgehrock und neuem

Zylinderhut sowie auf Freiersfüßen stand er zielsicher da. Als die doch recht mittellose, reizende Kräuterhexe erschien, lud er das hungrige Mädchen in die nächste Pinte mit einfacher Speisenausgabe herzlich ein. Und so kamen sich die beiden beim lauwarmen Guinnessbier trotz einiger sprachlicher Schwierigkeiten schnell näher. Aus dem romantischen Techtelmechtel entsprang sogar bald eine richtige Verlobung. Und weil ein gewisser Johann Lahr aus Siegburg nahe Köln schon 1521 eine Druckerei in der Universität von Cambridge eröffnet hatte, konnte auf Bestellung durch den Verlobten Isaac der Hundertjährige Kalender erstmals in englischer Sprache das Licht der Kalenderwelt erblicken. Darauf hatten die wissbegierigen Engländer nur gewartet, bot er doch eine willkommene Ablenkung gegen die ansonsten nicht gerade erquicklichen Zeitläufte im Königreich.

Doch das junge Glück war leider von nicht längerer Dauer. Die Pest, und zwar unvermittelt, brach aus, wie das damals leider öfter üblich war. Die hübsche Samantha bekam auch einige Beulen ab und wurde augenblicklich in ein abgelegenes Hospital überführt, das der Student und Liebhaber Isaac im Durcheinander nicht mehr ausfindig machen konnte. Er ließ sogar Hunderte von Plakaten mit der Aufschrift »Samantha Wanted« aufhängen. Leider vergeblich. So verlor er sie aus seinen Augen und aus Trotz darüber blieb er sein weiteres Leben lang völlig unbeweibt mitsamt seinen gut erforschten Lichtpartikeln.

Bald darauf – die Pest hatte sich wieder verabschiedet und war weitergezogen – war es auch in England schon fast überraschend wieder einmal Weihnachten geworden. Obwohl die herrschenden Puritaner – wegen angeblich heidnischer Ursprünge und weil das Geburtsdatum unseres Herrn umstritten ist – 1647 ein strenges Weihnachtsverbot ausgesprochen hatten, feierte vor allem der kleine Mann heimlich umso stärker das erneute Kommen unseres Herrn. Überall flüsterte man genüsslich und aufrührerisch die streng verbotenen Worte: »Merry Christmas!«

Gezeichnet mit einigen Pestnarben, aber völlig genesen und langsam wieder fröhlicher hatten jedoch das Heimweh und ein unergründliches Schicksal die Samantha wieder nach Langheim und zum Prior Moritius Knauer mit seinem Kloster zurück gezogen. Der gute Moritz und streitbare Gerechtigkeitsliebhaber hatte gerade einen schwelenden Prozess gegen den Bamberger Bischof gewonnen und die böse grassierende Hexenverbrennung etwas eingedämmt. Er freute sich natürlich erheblich, als seine immer noch sehr hübsche Kräuterkennerin wieder vor der Klosterpforte stand.

Mit den einfachen Worten: »Da war ich einst, und da bin ich wieder« beendete die verlorene Tochter das über Jahre bohrende Heimweh abrupt. Noch dazu war der schöne Klostergarten inzwischen total verwildert, kein Mensch hatte sich all die Jahre um eine gesunde, ganzheitliche und biomäßige Ernährung nach Hildegard von Bingen gekümmert. Zusammen, und nicht nur durch die früheren Kalenderarbeiten innig verbunden, schmückten die beiden wieder vereinten, glücklichen Leute den Christbaum, bis er wundervoll glänzte und erstrahlte. Auf die Spitze steckten sie fröhlich und symbolisch für das

Schwinden der Jahre ein englisches Exemplar des Hundertjährigen Kalenders.

Lange Zeit, ja, bis in unsere Tage hinein, sollen sämtliche Meteorologen und sogenannten Wetterfrösche vom Deutschen Wetterdienst bei ihren Prophezeiungen noch auf den Hundertjährigen Kalender zurückgegriffen haben. Selbst die Beobachtungen der modernsten Wettersatelliten wurden anfangs äußerst skeptisch aufgenommen und sogar oft unterschlagen. Ja, und bis heute bevorzugt so mancher kundige Landwirt und schlaue Bauersmann diese interessanten Aufzeichnungen, um auf einer sicheren Grundlage für seine ökonomischen Tätigkeiten wie Aussaat, Kunstdünger verstreuen, Jauche versprühen, Ernte einfahren, Einwecken und so weiter verlässlich aufzubauen. Die englische Ausgabe des Hundertjährigen ist inzwischen leider total vergriffen. Es existiert lediglich noch ein einzelnes, wohl gehütetes Exemplar im ehrwürdigen britischen Nationalmuseum von London. Leider kennt heutzutage kein einziger Mensch mehr, – gleich ob Brite oder Oberfranke – die wunderbaren Zusammenhänge zwischen Isaac Newton, dem Hundertjährigen Kalender, dem Zisterzienserabt Moritz Knauer und seinem Kräutergarten nach Hildegard von Bingen, der Inquisition und der erotischen Kräuterhexe Samantha. Nur die Klänge von gregorianischen Chorälen aus den Klosterfenstern künden weiter nachhaltig vom unnachgiebigen Schwinden der Tage.

Weihnachtssymphonien

Dem glücklichen jungen Kind erscheint das Leben zumeist wie eine Gratiseintrittskarte in ein aufregendes, Spaß verkündendes Abenteuer. Noch dazu geht man heutzutage mit dem Nachwuchs viel freundlicher und liebevoller um als noch vor Jahr und Tag. Zumindest in den zivilisierteren Ländern, wo Prügelstrafe, Erwachsenenterror und ähnliche Erziehungsmaßnahmen eher selten anzutreffen sind, ist man vorsichtiger geworden. Man legt schon, rein bevölkerungsmäßig gesehen, Wert auf eine geschützte Aufzucht und Brutpflege. Auch wenn so mancher seltene Haudegen, der nicht nur den letzten Weltkrieg überlebt hat oder sogar tragendes Führungspersonal im Russlandfeldzug gewesen war, doch am liebsten seine sogenannte Zucht und Ordnung aufrechterhalten möchte.

Selbst der Nikolaus und sein Erziehungsvollstrecker der rauen Art namens Krampus geraten immer mehr nur noch in das verflossene Reich der strafenden Vergangenheit hinein. Und das liebe Christkind ist in seiner speziellen hohen Zeit, wenn der Advent Einzug gehalten hat, besonders fleißig im Aussuchen und

Überbringen zahlreicher Geschenke und Zuwendungen, um die lieben Kinderlein bei bester Laune zu erhalten. Wenn dann das Bescherungsglöckchen erklingt, weiten sich die schimmernden Augen der Kleinen in Vorfreude auf das Auspacken. Das ganze Leben, aber besonders um die Weihnachtszeit, soll eine aufmunternde, nie endende, wunderbare Symphonie sein.

Der Nachwuchs wird bewusst und schlauerweise ziemlich verhätschelt, denn die Einwohnerzahl der Industrieländer nimmt eher ab als zu. Da kriegen es so manche Leute und Mitbürger mit der kalten Angst zu tun. Schon heißt es nämlich vorausschauend: »Wer zahlt denn meine Rente später – oder die noch viel umfangreicheren sogenannten Pensionen, Diäten, Altersvorsorgen, Boni für alle Sorten von Managern, Sesselfurzern und sonstigen Schwerarbeitern?« Nicht zu vergessen seien da auch die Zuwendungen und Nebeneinkünfte fürs Nixtun in auserwählten Kreisen. Alles schlägt da glücklicherweise kaum zu Buche, solange der Vorrat reicht und eine gewisse, vor sich hin schwelende Korruption und Vetterleswirtschaft sowie der beliebte Lobbyismus aufatmend ihr Dasein locker fristen können. Freilich tauchen immer wieder mahnende Kritiker aus dem Nichts auf und postulieren störend, dass vielleicht die Zukunft schlechter ausfallen könnte als geplant. Diese Schwarzmaler sind aber überhaupt nicht beliebt und werden mit gutem Recht gemobbt. Da fragt man sich schon nachdrücklich, wo man denn da hinkäme.

Trotz alledem kann das zeitgenössische Kind offensichtlich getrost in die Zukunft blicken. So manch eifriger Prophet spricht sogar von einer rosigen. Allein die gewaltige Berufsauswahl stößt in eine kaum überschaubare Anzahl von Möglichkeiten hinein. Ob Hundeflüsterer, Metzger, Finanzbeamter, Klangschalenspezialistin (nicht selten sogar mit Doppelnamen), Datenhacker, Bäcker, Yogalehrerin, Medienguru, Komponist, Beerdigungsredner oder Computerspezialist, alles ist für den Nachwuchs zurzeit möglich. Noch dazu kann die lange grassierende Kinderarbeit zumindest in unseren Breiten als besiegt gelten. Oft liegt sogar die gesamte Arbeitswelt vor dem dreißigsten Lebensjahr noch in weiter Ferne. Der große Vorteil gegenüber früher: Da rücken die Altersbezüge schon wesentlich näher heran.

Doch der junge Mensch und hoffnungsvolle Zukunftsträger war nicht immer in dieser glücklichen Lage. Wenige Jahrhunderte ist es erst her, da gab es nur ein paar Handwerksberufe, Taschendiebe, Handlangerdienste, Wilderer, mehrere bornierte Adelige sowie Bildhauer und Komponisten, die vom Klerus abhängig waren. Der Großteil der Bevölkerung lebte in einem armseligen, kulturfernen Dasein vor sich hin. Doch auf fast allen Gebieten kündigte sich nach und nach ein positiv schleichender Umbruch an. Die Möglichkeiten wurden vielfältiger, romanische und gotische Einflüsse waren im Schwinden. Künstlerisch gesehen, wandelte sich der Zeitgeschmack allmählich auch musikalisch in barocke Klangwelten hinein. Die lockenden Schalmeientöne der Renaissance verschwanden nach und nach. Aber die neuen Klänge, die um sich griffen, wurden – zumindest für die ewig gestrigen, konservativen Kreise – zunächst schon wieder mal als abartig empfunden. Heutzutage sprechen jedermann und jede Frau selbstverständlich und hochachtungsvoll von den »Barockkompositionen«. Ein Bach, ein Händel oder ein Vivaldi lassen die Liebhaber in jedem Konzertsaal, oft sogar vor stehenden Ovationen, genüsslich aufhorchen.

Besonders in Italien mit seiner städtischen, wunderbaren Perle Florenz stand früher das Musik- und Komponistentum in voller Blüte. Fast jeder dieser einigermaßen begabten Südländer spielte auf allerlei Instrumenten oder trällerte fröhlich in den Tag hinein. Und eben dort blickte im Jahr des Herrn 1681 ein besonderer Bub in ein hoffnungsvolles, neues Leben als späterer Kirchenmusikus hinein. Es war Joseph, auch Giuseppe oder Sepp Valentini, bald darauf Geiger und Erfinder klangschöner barocker Kompositionen.

Alsbald erkannte sogar der fortschrittliche Kardinal Ottoboni die Begabung des liebevoll genannten »Florentiner Sepp« und lauschte erstaunt dessen kompositorischen Einfällen. »Da haben wir ein Genie erster Ordnung, sogar eins a. Der kennt sich jetzt schon aus mit jeder Tonleiter sowie mit allen möglichen harmonischen Fugen und Kadenzen«, so sein respektvoller Kommentar.

Doch wie gesagt, wurde damals der neue musikalische Weg, den der Sepp wie viele andere namhafte Musikschaffende rigoros einschlug, mit Argwohn beäugt. Ein gestrenger Lehrer, der Giovanni Battista Bononcini, gab dem aufgeweckten Buben das traditionelle Rüstzeug mit auf den Weg zum wichtigen Kirchenmusiker. Aber so mancher Hinweis oder Ratschlag wurde dabei oft leider nachdrücklich mit einer körperlichen Züchtigung verstärkt. Seine heute total überholte Meinung war: »Hie und da eine tüchtige Watsch'n bringt den Burschen sicher auf Vordermann. Das hat mir auch nicht geschadet.«

Aber heimlich schlug der hübsche, etwa zehnjährige Nachwuchsbengel, wenn er allein am Zupfklavier, auch Cembalo genannt, saß, gern mal neuere Töne an. Misstrauisch beobachtet und abgehört vom italienischen Mesner und Mitglied sowie Spitzel der Inquisition von der Klosterkirche, war er doch auf dem Weg zum Genie. Denn alles Neue, also auch barocke Klänge, erregten damals zunächst den Argwohn der Congregazione di Santa Cecilia.

Doch unbeirrt meinte der geniale Bursche in seinem schwer zu übersetzenden Florentiner Dialekt: »Unsere Musikwelt muss revolutioniert werden, auf geht's zu neuen Ufern! Lasst die frischen barocken Klänge aufklingen, meine Werke sollen eine neue Zeit einläuten!« Und schon komponierte und spielte er drauflos, dass das ganze Zupfklavier nur so bebte. Später wurde er sogar Sekretär des obigen honorigen Vereins.

Komposition um Komposition floss aus der Feder des fleißigen Musikus Sepp heraus und strömte in die damalige italienische Musikwelt hinein. Alles schien sich bestens zu entwickeln. Bis – ja, wie könnte es anders sein – bis die Liebe zuschlug. Für seine spätere, heiß geliebte Freundin, die Marisa Falcone, wollte er ein besonderes Geschenk aus der musikalischen Taufe heben. Es wurde die selbst heute noch hin und wieder aufgespielte, wunderbare Weihnachtssinfonie »Sinfonia a tre per il Santissimo Natale, Nummer 12«. Mit zunächst glücklichen Augen sich ansehend, standen die beiden um eine festlich geschmückte, kerzenbestückte, kugelglänzende, halb hohe Zypresse herum, und er geigte schon einmal einige wesentliche Partien der neuen Sinfonie in die erhabene Stimmung hinein. Marisa summte ergriffen, wenn auch minder musikalisch begabt, einigermaßen treffsicher mit.

Doch schon etwa vier Jahre später nahm das tiefe beschauliche Glück eine fatale Wendung. Die schlaue Marisa heiratete unvermittelt einen einflussreichen und auch sonst reichen Fürsten namens Michelangelo nobile Medici und nicht den eher ärmlichen Musicus. Wie das Leben eben auch damals so unvermittelt und grausam mitspielen musste, nahmen die Dinge ihren unangenehmen Lauf. Solche unverhofften Schicksalsschläge lähmen, wie jeder weiß, zunächst jede Schaffenskraft.

Der Komponist starrte unverrichteter Dinge auf das leere Notenblatt und fand überhaupt keine Töne mehr. Weder mit dem Violinschlüssel noch mit dem Bassschlüssel erschien es ihm möglich, eine neue Kantate oder eine Suite, geschweige denn eine Symphonie zu erschließen.

Die hilfsbereite musikalische Antwort auf diese schwere Enttäuschung komponierte ihm, dem Joseph Valentini, dann sein treuer Freund, der damals auch recht bekannte Komponist Giovanni Porta.

»Hast du da nach diesem Reinfall überhaupt noch Töne?«, fragte dieser den guten Joseph zunächst vorsichtig.

»Nein, nein, nein!«, sprach nun der deprimierte Musikus impulsiv.

Doch der schlaue Freund war scharf auf so ein ergiebiges, trauriges Thema. Darauf hatte er nämlich nur gewartet. Und los ging's. Es wurde das »Drama per musica La costanza in amore«. Diese Art von Oper wurde nicht nur ein gutes Geschäft, denn mit »Amore« geht doch immer etwas, sondern sie stärkte auch noch seinen Bekanntheitsgrad.

In einsamen Stunden, wenn die Traurigkeit in dem deprimierten Valentini-Sepp überhandnahm, nahm er die Violine zur Hand, und schon erklangen die Melodien seiner der Geliebten innig gewidmeten, weihnachtlichen, kurz gesagten »Sinfonia Natale Nummer 12«. Selbst mitten im Sommer überkamen ihn hin und wieder sehr traurige Gedanken, und die lauschenden Mitmenschen zogen mitfühlend sowie ehrfürchtig ihren Hut vor den feierlichen, ernsten weihnachtlichen Tönen. Denn wenn aus den weit geöffneten Klosterfenstern diese Musik nicht nur überwiegend in aufbrausendem Dur, sondern auch teilweise im düsteren Moll anklagend erklang, wusste jedermann um die trennenden Hintergründe Bescheid. Der laue Sommerwind trug die schön gesetzten weihnachtlichen Noten beinahe durch das halbe, aufhorchende Florenz. Liebeskummer ist ja bekanntlich einer der größten Schmerzen, die den Menschen treffen können. Er ist sogar wesentlich schlimmer als das auch nicht gerade harmlose, bohrende Heimweh. Doch wie man es auch dreht und wendet: Schicksal bleibt Schicksal.

Die stimmungsvoll gesetzte »Sinfonia a tre per il santissimo Natale Nummero 12« vom Giuseppe Valentini war damals in Kirchenchören und Orchestern sehr verbreitet, und so mancher Klangkörper konkurrierte schon im Advent mit den vielen anderen ehrgeizigen Aufführungen. Das rief natürlich allmählich Nachahmer auf den Plan. Erfolg gebiert allemal auch Neider, wie irgendeiner, und zwar einer der größeren Philosophen, in seiner Doktorarbeit folgerichtig festgestellt hat.

Der später geborene pastorale italienische Komponist Gaetano Maria Schiassi hörte ebenfalls das wunderbare Tongebilde während einer Christmette in Bologna. Sofort wallte sein ehrgeiziges Komponistenblut enorm auf. Er setzte sich umgehend an das eigene Zupfklavier und legte los. So entstand eine weitere musikalisch-weihnachtliche Hochleistung, und zwar die auch ziemlich herrliche »Sinfonia pastorale per il santissimo natale di nostro Jesu«.

Heutzutage spricht so gut wie niemand mehr vom ersten Erfinder einer Weihnachtssymphonie, dem Valentini-Sepp. Doch sein nicht ganz so genialer Trittbrettfahrer namens Gaetano Maria Schiassi ist immer noch recht häufig in vieler Chormunde, sobald es auf die hohe Zeit der Christenheit zugeht, wenn der legendäre Komet den Weg zum Stall nach Bethlehem anzeigt und die frommen Hirten auf dem Felde blendet. Beispielsweise die »Neuapostolische Kirchengemeinde« in Halle an der Saale erzeugte eine recht passable und singende sowie klingende Fassung des sakralen Werkes aus der legendären barocken Zeitspanne. Sie, die spätere, bleibt aber leider doch die Weihnachtssymphonie zweiten Grades, auch wenn ihr Bekanntheitsgrad inzwischen höhere Weihen errungen hat als die des vom Liebeskummer schwer geplagten und gebeutelten Valentini-Sepp. Das alte, beschwingte Florenz lässt aber auch hiermit grüßen.

Erwartungsfroh

Nicht immer muss es Unruhe sein, die sich ausbreitet, wenn man an die Zukunft denkt. Freudige Ereignisse und Überraschungen halten sich zwar meist in Grenzen, eines steht jedoch unumstößlich fest: Das Warten hat sich offensichtlich von Anbeginn der Menschheit als tragende Säule des Daseins entpuppt. Worauf auch immer man wartet, es muss ja nicht gleich negativ besetzt sein.

Natürlich gibt es das Wartezimmer beim Herrn Arzt oder dem Zahnspezialisten samt seinen Folterinstrumenten. Da sitzt man dann mit gemischten Gefühlen und wünscht sich ein möglichst schnelles Zeitverstreichen. Aber wer denkt schon darüber nach, wie sehr man sich dabei das Älterwerden wünscht? Der junge Zeitgenosse überhaupt nicht, er schlägt sie sogar mit zweifelhaften Einfällen tot, seine kostbare Zeit. Der mittlere Jahrgang überlegt da dann vielleicht schon eher, wenn auch heimlich. Der reife Mensch und Mitgenosse aber sehr. Zumindest sollte er das, auch wenn er noch so optimistisch in die knapper werdende Zukunft schaut.

Vielleicht deshalb bekommen ältere Leute, die immer wieder selber gerne an das Christkind glauben möchten, einen gar überirdischen Glanz im feuchter werdenden Auge, wenn der Advent mehr oder weniger stillschweigend hereinbricht. Obwohl die Zeit nicht stillsteht, bietet sie gerade dann einen Lichtblick, vielleicht sogar etwas Halt. Wünsche werden eventuell wahr, erwartungsfroh blickt sogar der eine oder andere Pessimist und Misanthrop etwas weniger vorsichtig in die Welt, aber nur wenn er sich nicht beobachtet fühlt.

Endlich naht die hohe, erwartungsfreudige, kurze Epoche wieder. Nikolaus und Weihnachtskind aus himmlischen Sphären kündigen sich allenthalben und sogar im Baumarkt nachhaltig an. Dort schweift der wohlausgestattete Nikolaus mit Goldstab, Brokatumhang und Bischofshut durch die mit Tannenzweigen und Christbaumkugeln festlich geschmückten Abteilungen. Gedämpft entströmen passende Gesänge und traulich geblasene Melodien aus versteckten, leisen Lautsprechern. An Zementsäcken, Kloschüsseln, Dachrinnen und Handwerksgeräten vorbeischlendernd, verkündet er sein dreifaches »Ho, Ho, Ho!« Mehr will er nicht verraten in seiner Kundgebung als höherer Beauftragter. Dann schlurft er majestätisch mit etwas zu großen Stiefeln an den staunenden Baumarktbesuchern vorüber.

Und weil gerade die Erwartung an sich sowohl als vor allem im Advent im Gespräch war, ist die folgende, unerwartete, selbst erlebte Episode nicht uninteressant. So zeigt sich sogar im Baumarkt der tiefe Wahrheitsgehalt des Sprichwortes: Unverhofft kommt oft.

Aber es kommt, unausweichlich, immer wieder aufs Neue.

»Wem gehören diese Kinder?«, ruft ein verzweifelter Baumarktangestellter in die gut gefüllten Schlangen vor den Kassen hinein. Er nimmt damit Bezug auf zwei schlimme, siebeneinhalb und neunjährige Buben. Betroffenheit spricht aus seinen kummervollen Augen. Er zeigt in die weiter entfernte Abteilung der Ofenausstellung nach hinten. Von dort, so registriert es jetzt sofort fast jeder wartende Kunde, dringt Rauch herüber.

Hinter einem schwer beladenen Einkaufswagen meldet sich der Vater aus dem Ende der Schlange, wenn auch nicht sofort. In steter Erwartung von unbotmäßigen Einfällen seiner Knaben überrascht ihn so leicht nix mehr. Pflichtgemäß ruft er aber mehrmals: »Max! Moritz! Was habt ihr denn wieder angestellt?«

Der Baumarkt hat zwar inzwischen nur noch wenige Angestellte und beratende Mitarbeiter. Aber diese einigen Wenigen laufen hinter Regal und Dachpappe hervor in die Richtung der Rauchsignale. Ein Rauchmelder macht sich wichtig und schrillt erheblich. Der Vater lässt sein ausgewähltes Einkaufsgut im Stich und eilt mit. Schon springen zwei muntere Knaben aus einer Gasse hervor, verfolgt vom Baumarkt-Tross, drei atemlosen Männern in orangefarbenem Outfit mit Aufdruck der Firma in Weiß. Die unbotmäßigen Burschen werden dingfest gemacht.

Die latente Brandgefahr ist glücklicherweise schnell beseitigt. Der Vater stellt die zwei Lümmel zur Rede, und der Nikolaus steht zunächst stumm herum.

Eigentlich wäre er ja zuständig für eine geharnischte Rüge, wie sich das früher so gehörte, aber er hat ja nicht einmal eine Rute dabei und unterlässt sträflich seine erzieherischen Aufgaben. Schon verschwindet er schnell und unauffällig in die Gartenabteilung, wobei sein hoher Hut vom Türrahmen abgestreift wird.

»Dafür werde ich ja nicht bezahlt, ich bin doch nicht der Geschäftsdetektiv, und ein Krampus schon gleich gar nicht«, soll er später auf diesbezügliche Fragen des erziehungsbewussten Vaters geantwortet haben. Aus dem oberen, leitenden Stockwerk ist sogar der Firmenlenker auf-, nein, *herunter*getaucht.

Was sich als überraschende, qualmende Bescherung herausstellt, ist Folgendes: Während der Vater unentschlossen und umständlich nach verschiedenen Utensilien und Weihnachtsgeschenken sucht – von den paar Beratern ist weit und breit keiner zu sehen – müssen die Buben verständlicherweise die Zeit auch irgendwie herumbringen. In der Abteilung mit den Dauerbrandöfen aller Art überkommt sie dann die zündende Idee. Wozu hat man denn immer Streichhölzer dabei? Und die vielen Flyer und Prospekte liegen doch einladend und passend herum.

Klappe auf, Feuerchen an, das ist wirklich schnell getan. Und schon zeigt sich der Erfolg. Eine mittlere Rauchfahne steigt auf und macht sich breit. Für einen Kaminanschluss ist nicht gesorgt worden. Sowohl der Max als auch der Moritz sind sich da keiner Untat bewusst.

»Wenn der Ofen schon da ist, muss er auch getestet werden«, meint der Ältere, technisch und praktisch denkende Bub. Er hat sich immerhin schon in jungen Jahren bereits an dem Wettbewerb »Jugend forscht« beteiligt. Leider kam sein automatischer Legosteinaufräumer nicht in die engere Wahl. Der Testversuch verlief negativ. Aber dieses findige Kerlchen lässt, wie man sieht, nichts unversucht, seinen Ideenreichtum zu beweisen.

Als willfähriger Assistent und Helfer konnte da der jüngere Bruder bereits sehr viel lernen. Er hat auch schon genügend angestellt, seine Bewährung als Adept und Handlanger zeigt immer häufiger die Begabung des kleineren Wichtes für Unsinn aller Art. Da sind nicht nur die braven Eltern immer voll ausgelastet und auf Trab, um Schlimmeres zu verhindern. Und wenn schon, wenigstens einmal im Jahr, die Gelegenheit daherkommen würde, einem höheren Vollzugsbeamten für Erziehungsfragen die entsprechende Aufgabe anzuvertrauen, muss der heilige Bursche nutzlos im Baumarkt umherstreifen. Weder mit Rute noch mit exekutiv durchgreifendem Krampus oder ersichtlichen, konstruktiven Erziehungsgedanken treibt er sich auf diesen Abwegen herum. Seine einsilbigen, monotonen Ausrufe lassen dabei fast auf einen Analphabeten schließen.

Jedenfalls verläuft der ganze Aufruhr glücklicherweise im Sand. Man einigt sich gütlich, und weil ja Weihnachten, das Fest der Liebe und der Vergebung, schon greifbar nahe ist, drückt sogar der Chef und Betriebsleiter hier seine beiden Augen zu. Er hat die zwanzig Feuerwehren der nächsten Umgebung gerade noch rechtzeitig zurückgepfiffen.

Ganz im Gegenteil zum bösen Treiben: Es wird friedlich rubinroter Glühwein ausgeschenkt, bis die

Gesichter so ziemlich im gleichen warmen Ton wie das Heißgetränk erstrahlen, nun ebenfalls etwas stärker temperiert. Gebäck und Kuchen werden auch verteilt, schon ist man sich schmunzelnd einig:

»Ich hab auch in diesem Alter einiges angestellt.«

Der Nächste: »Ich auch.«

Und sogar der korrekte, leutselig gewordene Chef als korrekter Krawattenträger: »Und ich erst!«

Leider scheppert es in diesem Moment heftig im Hintergrund. Max und Moritz, diese beiden, haben ein Regal mit vielen Schrauben aller Art umgeworfen. Sie waren übereinstimmend der Meinung, dass etwas geschehen müsse, um die schon leicht angetrunkenen Erwachsenen zu aktivieren. Da schwankt die Stimmung doch etwas. Aber was soll man schon anderes erwarten, wenn Jugend forscht? Und das nahe Weihnachten ist ja trotzdem das Fest der Liebe und des Verzeihens.

Der Autor

Wolfgang Schierlitz ist damals geboren und allmählich aufgewachsen. Es folgten Schriftsetzerlehre und Ausbildung zum »Schweizerdegen«. Danach Tätigkeit als Fahrkartendrucker bei der Deutschen Bundesbahn, Verlagshersteller, Typograf, Grafiker und Texter für internationale Firmen. Die Gründung einer eigenen Offizin folgte. Kürzlich erhielt er von der Handwerkskammer Ulm die Auszeichnung »Deutscher Meister«. Mehrere Seh-Mester und Studien auf Allgemeinplätzen und in Bierzelten. Nebenwirkungen: bisher 14 satirische Bücher, Kabarettist mit »H2-O2« und »Die mit den Wölfen heult« sowie Soloauftritte. Er ist Preisträger bei Radio Regenbogen mit dem Verband deutscher Schriftsteller (VS Bayern) – mit einer Sommergeschichte.

Im Rosenheimer Verlagshaus sind von ihm bereits *Wenn überhaupt, dann höchstens kaum* erschienen, eine Sammlung von skurrilen Geschichten, *Wie frau mit einem Bayern überleben kann,* ein herrlich unernstes und dabei praxisnahes Buch über Beziehungsprobleme von Bajuwaren, ebenso die etwas anderen Weihnachtsbücher *Pleiten, Pech und Tannen, O Pannenbaum!* sowie *TannenPannen*.